孔德成幼年時期（百日即襲封第三十五代衍聖公）

孔德成幼年即統理孔府，十歲主持《孔子世家譜》修譜工作。

青年時期的孔德成

孔德成青年時期著中山裝

孔德成十六歲和孫琪方女士結婚

孔德成（前排左二）於孔林至聖先師孔子墓前

孔德成十九歲時和夫人於重慶照相館合影

孔德成夫婦抗戰時期於重慶照相館留影

孔德成遷居重慶時和長女維鄂及長子維益合影

孔德成夫婦和子女在重慶住處合影

孔德成於黃花崗七十二烈士墓前和友人合影留念

重慶孔誕

…hday in Chungking

紀念大會主祭人孔德成(中)陪祭人黃仁霖(左)吳國楨(右)
The presidium of the sacrificial ceremony, Kung Tuh-chen (center) Wang Chen-ling (left), Wu Kuo-tsun (right)

奉祀官孔德成獻花
Mr. Kung Tuh-chen offering flowers.

八月廿七日爲孔子誕辰，重慶新生活運動會總于是日晨六時 在新運模範區舉行紀念大會，由至聖奉祀官孔德成主祭，黃仁霖及吳國楨陪祭。與祭者千餘人，儀式極爲隆重，首先鳴礮奏樂，繼於鼓鐘齊鳴聲中，主祭人及陪祭人依此就位。行禮如儀後，全體向孔子像行最敬禮由主祭人獻香獻花獻果，讀祭文。并由吳國楨報告紀念孔聖之意義後，奏樂禮成而散。

祭畢攝影
Picture taken ofter the sacrifice.

一九四一年重慶祭孔大典相關報導

紀念

Confucius Birt[h]

祭壇
The altar

郭泰祺氏演說
Speech delivered by Mr. Quo Tai-chi.

拉鐵摩爾演說
Mr. Lattimore speaking.

來賓共享壽麵
Sacrificial refreshment enjoyed by the guests.

一九四一年重慶祭孔大典相關報導

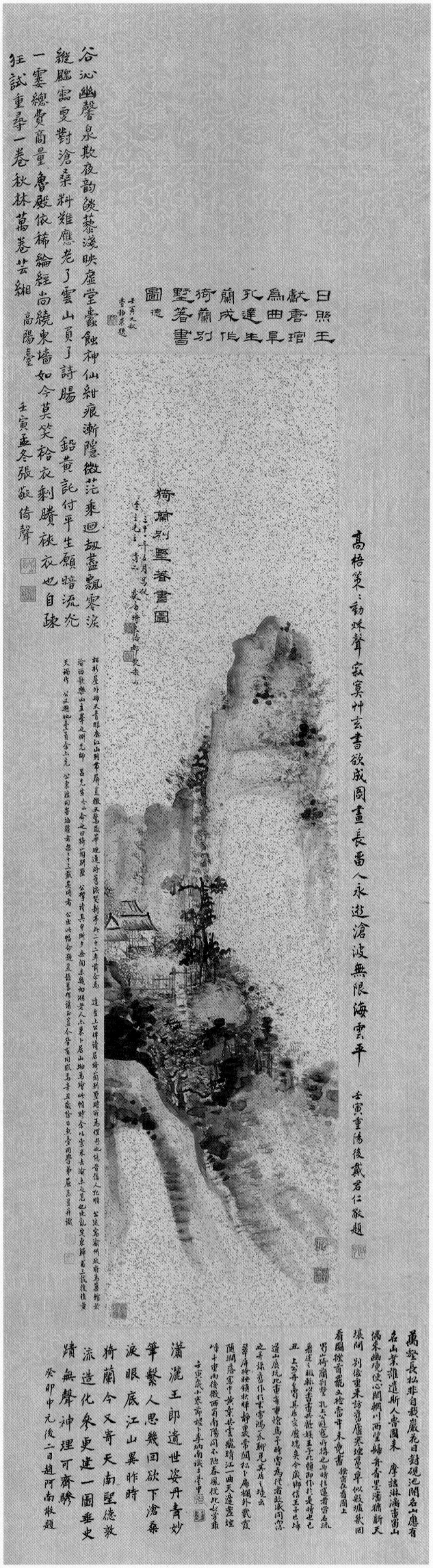

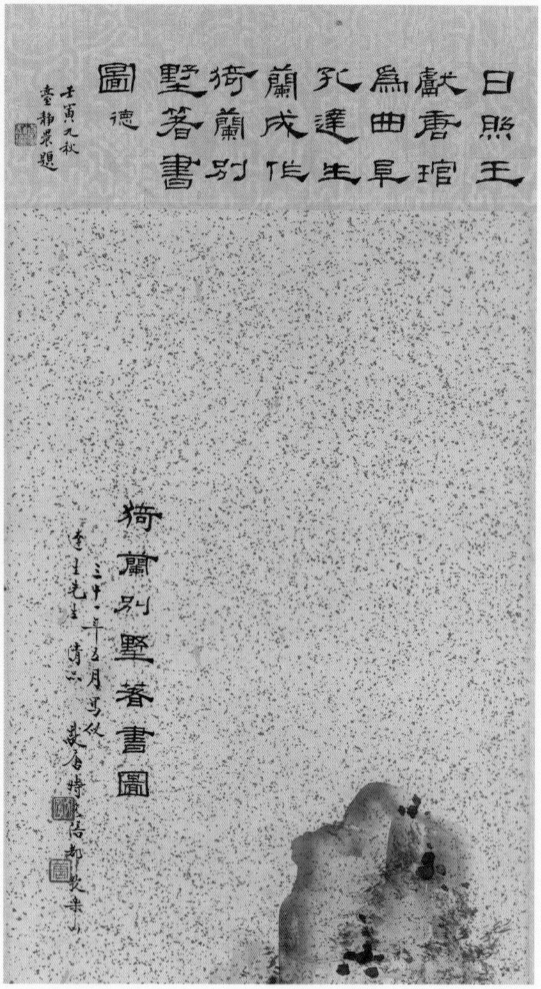

猗蘭別墅是孔先生在歌樂山的居所，王獻唐於民國三十一年五月在歌樂山繪製〈猗蘭別墅著書圖〉贈與孔先生。

圖畫周圍題字乃由臺靜農、張敬、戴君仁、屈萬里、李炳南、趙阿南等人，分別於辛丑、壬寅、癸卯年（民國五十至五十二年間）所題。

谷沁幽馨泉欺夜韵談藜淺映虛堂蠹蝕神仙紺痕漸隱微茫乘迴劫盡飄零淚縱飃霝雯對滄桑料難應老了雲山負了詩腸 鉛黃託付平生願暗流於一霎總費商量魯殿依稀綸經尚繞東墻如今莫笑袷衣剩賸袂衣也自踈狂試重尋一卷秋林萬卷芸緗

高陽臺

壬寅孟冬張敬倚聲

松杉屋外插天青眼底江山列畫屏莫繳又驚歲華晚還將舊淚哭新亭 此二十二年前余為 達生上公伴讀居椅蘭別墅時所為俚句也憶昔倭人犯順 公流寓渝州政府為築館於渝西歌樂山主峯之側先師 呂先生今山命之曰椅蘭別墅 公攜讀其中晨夕無間未幾向湖老人亦來卜居山坳為繪此幀時余以索米去渝未之見也比亂定東歸甫三載復值黃天禍作 公又避地臺員余亦先 公東渡同客海疆者忽忽三十三載矣頃者 公出此幅命題爰錄舊作請正並念昔有同感焉辛丑歲除日魚臺同學弟屈萬里并識

民政府主席蔣特派銓敘部次長王子壯代表赴曲致祭合影
民国三十六年八月二十七日

孔德成一九四七年在曲阜孔廟主持祭孔大典

孔德成先生日記

藝術家

【序 文】

「十年生死兩茫茫，不思量，自難忘。」

轉眼間，爺爺孔德成先生已離開我們十年了，十年生死，我擔任大成至聖先師奉祀官業已邁向第十個年頭。兒時，爺爺和父親對我們的教育均十分民主尊重，從沒有過多的特別要求。這十多年來，自從意識到自己所背負的歷史及家族責任，從旁人包括母親、親友、還有來自世界各地爺爺的眾弟子及儒學同道之中，以及自我精進儒學的道路上，越來越意識到積極推動儒家孔子學說「仁愛忠恕」的精神，對於當今社會有多麼重要及必須的使命和意義，同時也對相處三十多年的爺爺與家族有更深層的理解與認識。

爺爺一生雖一再歷經戰亂顛簸、歷史更替，飽受身心及現實的內憂外患，亦未曾因外務與紛亂，棄書於不顧，讀書、教書始終是他一生最大的樂趣與興趣所在，也是其終其一生的理想與志業，爺爺於臺灣各大學院校任教逾半世紀，作育無數英才。

為紀念爺爺百年誕辰，我們決定出版《孔德成先生文集》、《孔德成先生日記》及《孔德成先生法書》等著作，文集則包括論文、演講和雜文等；日記是爺爺於抗戰時期在重慶的記述；法書是他寫給家人、友人和學生的作品，各種書體的法書可以看出爺爺書藝的非凡造詣。這段期間非常感謝臺大文學院葉國良教授及其學生黃澤鈞先生和鄭心如女士所作的資料蒐錄整理與校對，還有藝術家出版社何政廣發行人及其團隊的鼎力協助，這三本著作才得以順利出版。

爺爺生於山東曲阜，自小生活在孔府，他在傳統私塾紮實的詩書禮樂養成教育之下成長，爺爺身為一名中文學者，於《儀禮》、金文與儒家思想的講述和研究，均有重要、不可磨滅的成果與歷史意義，包括八、九零年代於世界各國、大學院校所做的演說、對儒家學說於現今世事的再現與傳承，皆在這次的文集裡作了主要的收錄。至於爺爺個人於抗戰時期在重慶的日記，相信不只對民國近代史顯得意義非凡，於我及孔氏家族而言更顯珍貴。

記得日記裡最常出現的字句，莫過於「終日讀書」、「圍爐讀書」，夜涼如水的日子，亦可見年少的爺爺記下「夜深時腹餓，小食，擁衾閱《綱鑑·五代紀》數葉而睡。……」讀至此不禁會心一笑，想及爺爺夜深時吃消夜，躲在被子裡，仍是在讀書；又見爸爸剛出生時，爺爺「在街上為益兒買魚肝油精一瓶，價六十元，可謂昂矣。並在藥房配助消化藥水一瓶，在國貨公司裁小衣料兩身，為鄂女買糖果點心多種……」可見時常被稱為「孔聖人」的爺爺，在生活中不僅沒有架子，亦不見讀書人常於生活自處上的生疏，處處可見其投入生活的熱情及對家人無微不至的柔情體貼，一如我記憶裡爺爺的樣子。

爺爺身為遺腹子，與動亂時代一路走來，拂了一身還滿的哀愁，於日記裡亦表露無遺，總是在一些看似平凡熱鬧如過年這樣的日子裡，爺爺在一盞點亮的燈底下寫著「聽人家放爆竹聲，不盡天涯流落之感」。縱使彼時尚年輕，心境上的蒼老顯露無遺，無怪乎如「亂山殘雪夜，孤獨異鄉人」這樣的詩句，每每撩動的不只是思鄉的心弦，更有對身世的慨歎。

爺爺一生顛沛流離，卻始終堅守道統，作育英才，弘揚儒學不遺餘力，讀書講課直到生命的最後，始終是他一生的堅持與執著。

儒學作為中華文化幾千年來哲學與道德倫理的基礎，於今日社會亦有其積極的意義和大力推廣的必要。爺爺曾於上世紀講演時闡述「孔子雖然是兩千多年以前的人，但孔子的思想卻永遠是新穎的。孔子的思想建立於仁。仁者，即人也，為人之道也；是即人與人之間的一種維繫。不管將來國家怎樣進步，不管未來世界的物質文明怎樣發達，人永遠是人，人永遠應盡到一種人的責任，人要在這社會處下去，永遠要保持孔子的『仁愛忠恕』寬大慈愛精神。」此言於二十一世紀的今天，仍然同樣受用，世界雖然日新月異，但人與人之間的互動須秉持的博愛、信賴、忠實、勇氣、容忍及智慧，依然不變，甚至在科技發達的今日，更加需要我們積極的思考與學習。

在爺爺孔德成先生百年誕辰前夕，出版先生的三本著作，文集、日記及法書，實對孔氏家族與全球儒學研究者都有著重要而深刻的意義。再次感謝葉國良教授及藝術家出版社的大力協助，與期間為相關事項出力的學者、友人與宗親，垂長衷心拜謝。

謹借此序，深深表達對爺爺孔德成先生永遠的敬愛與懷念。

中華民國一〇七年十月

孔垂長 謹序

【弁言】

孔德成先生，民國九年生於山東省曲阜縣孔府，字玉汝，號達生，後以達生為字。孔子七十七世嫡長孫，歷任大成至聖先師奉祀官、國立故宮中央博物院聯合管理處主任委員、考試院院長等職，卒於民國九十七年，享壽八十九歲。生平詳傳記《儒者行—孔德成先生傳》一書（臺北聯經出版）。

先生既生於聖人之家，幼年即受師長嚴格督導裁成，蓋無日不進德修業，所謂學不厭者也。故自弱冠以前，已飽讀經籍，多能成誦，且能論述古文獻矣。其抗戰時期《日記》，持論有據，不知者以為出老儒手。

民國四十四年，先生受聘於國立臺灣大學中國文學及考古人類兩系，為兼任教授。此後講學不輟，垂五十三年，中外學子受其惠者無數，晚歲獲頒臺大名譽博士，可謂教不倦者也。

先生既執教上庠，而世人或謂之論著無多，其實先生好古敏求，為文至慎，故惜墨如金，而言必有中，曾撰〈說兕觥〉一文，僅千餘言，而已闡明其器形似牛角，可決前人之疑。中央研究院史語所屈萬里先生惜其著墨太簡，恐世人未悉其詳，乃別撰〈兕觥問題重探〉，詳述前文之發見，並附圖為證，學界至今傳為佳話。

又先生於民國五十四至五十八年前後，接受東亞學會委託，規劃「儀禮復原實驗小組」，指導研究生十餘人，從事古禮書專題研究，多年後完成，其成果悉數歸之學生，由中華書局出版為《儀禮復原叢刊》系列。不僅如此，先生復感於歷代禮學論著，其禮圖均屬平面，難以展示實況，今人既有電影之發明，當可據以改為動態。唯當時格於大學法規，無法申請攝製經費，先生乃商之友朋，舉債獨資率領諸生拍攝，終完成《儀禮・士昏禮》黑白影片。功成，是為海內外首部經學電影，對於研究、教學大有創發之功，故能享譽國際。其後畫質難免漸損，至民國八十九年，其弟子葉國良改製為全彩3D動畫，研究成果乃得延續。足見先生不獨嫻熟古典，治學尤能創發，沾溉後學，正無窮也。

茲逢先生百年誕辰，家屬等擬於國父紀念館舉辦紀念會及相關文物展覽，謹先由弟子等整理出孔德成先生著作三種，同時出版，其一曰《孔德成先生文集》，內容包括論文、演講、雜文等。其二曰《孔德成先生日記》

（民國二十七年八月至三十一年八月），主要為抗戰期間讀書日記，兼及時事、交遊等，係首次刊布，良足珍貴。其三曰《孔德成先生法書》，主要收錄中年以後墨迹。先生學從多師，書法及理學以前清侍讀學士莊陔蘭為師，自顏體入手，故渾厚沈穩，得者視為至寶，而代筆及贗品亦多，故該冊之編輯慎之又慎。

蓋先生一生之所成就，涵負多方，巍巍乎，浩浩乎，非弟子等所能贊述！故編輯三書，存其德業文章之跡，永為紀念云。

葉國良 謹述

中華民國一〇七年十月

關於孔德成先生抗戰日記

儒家思想貫穿歷朝歷代達兩千五百年，形成中華文化的底蘊，從知識分子、庶民百姓的思想意識到行為準則，無不從儒家的搖籃孕育而來。然而十九世紀以來列強以船堅礮利敲開古老中國的大門，也使得做為文化根基的儒家價值，在二十世紀受到最嚴厲的挑戰。

孔德成誕生於上個世紀初，是代表孔子血脈及儒家文化特色的最後一任衍聖公，民國二十四年國民政府改為「大成至聖先師奉祀官」，延續對孔子與儒家文化的尊崇，然而他也面臨了時代對儒家的挑戰與中華民族抵禦外侮的戰火。對日抗戰於民國二十六年爆發，上海、南京接連淪陷，國民政府移駐重慶；華北戰場上，日軍於年底進逼山東，年僅十八歲的孔德成義無反顧地離開世居千年的曲阜，追隨政府來到陪都重慶。

孔德成抗戰時期的日記，可窺見這位孔子嫡長孫，面臨國家遭難、個人生命受威脅之際，他的行誼與心中所思。他的抗戰日記始於民國二十七年農曆八月十四日（國曆九月十六日），詳載日軍次次轟炸，從警報響起，敵機臨空投彈，到彈落何處，有幾次甚至近身，乃至化龍橋寓所遭炸毀；他後來疏散到距重慶七十公里外的歌樂山，住在名之為「猗蘭別墅」的木造平房。日記裡，孔德成留意國內與世界政局的變化，顯見他在涵泳於學術之餘，內心裡不僅僅是儒家仁愛之德，他也關懷國家民族的前途。

在重慶這幾年，日記可見在密集的空襲警報聲中，重慶的精神生活依然充實，可以看電影、聽戲。年輕的孔德成喜獲長女維鄂、第七十八代嫡長孫維益以及次女維崍，也經歷了大姐德齊在北平過世的悲苦；他膺選為最高層次國民參政會的參政員，主持了祭孔大典，蔣委員長、重慶市長等要員參與，這是政府於戰火之下依然重視發揚中華文化的表徵，他有時也應邀演講，闡述儒家哲學。

孔德成於日記裡，最重要的記載是讀書與研究學問，有如讀書日記。他在這段期間密集研讀《儀禮》、《周禮》、《禮記》、《毛詩》、《左傳》、《史記》、《漢書》、老莊墨荀等多種古書，並涉獵哲學，讀書是抗戰期間他的日常功課，也為他日後治學及教學奠下深厚基礎。他被譽為近世最有學問的孔子嫡長孫。

抗戰日記止於三十一年八月十八日，其時太平洋戰爭已展開，中國獨立對日抗戰四年多之後，終與盟軍併肩作戰。孔德成於戰亂之時，在呂金山、丁惟汾、王獻唐等師友指導下遍讀群經，直到民國三十四年八月，日本投降。但他受到接踵而來的國共內戰影響，民國三十六年四月才返回曲阜，戰火延燒迅速，他終於在次年永久離開孔府。

中華民國一〇七年十月

[signature] 謹述

目次

※本日記原以陰曆記日，自民國三十年元旦起，改注國曆，而亦兼注陰曆。（葉國良按）

日記本第一冊（鐵山園主人）

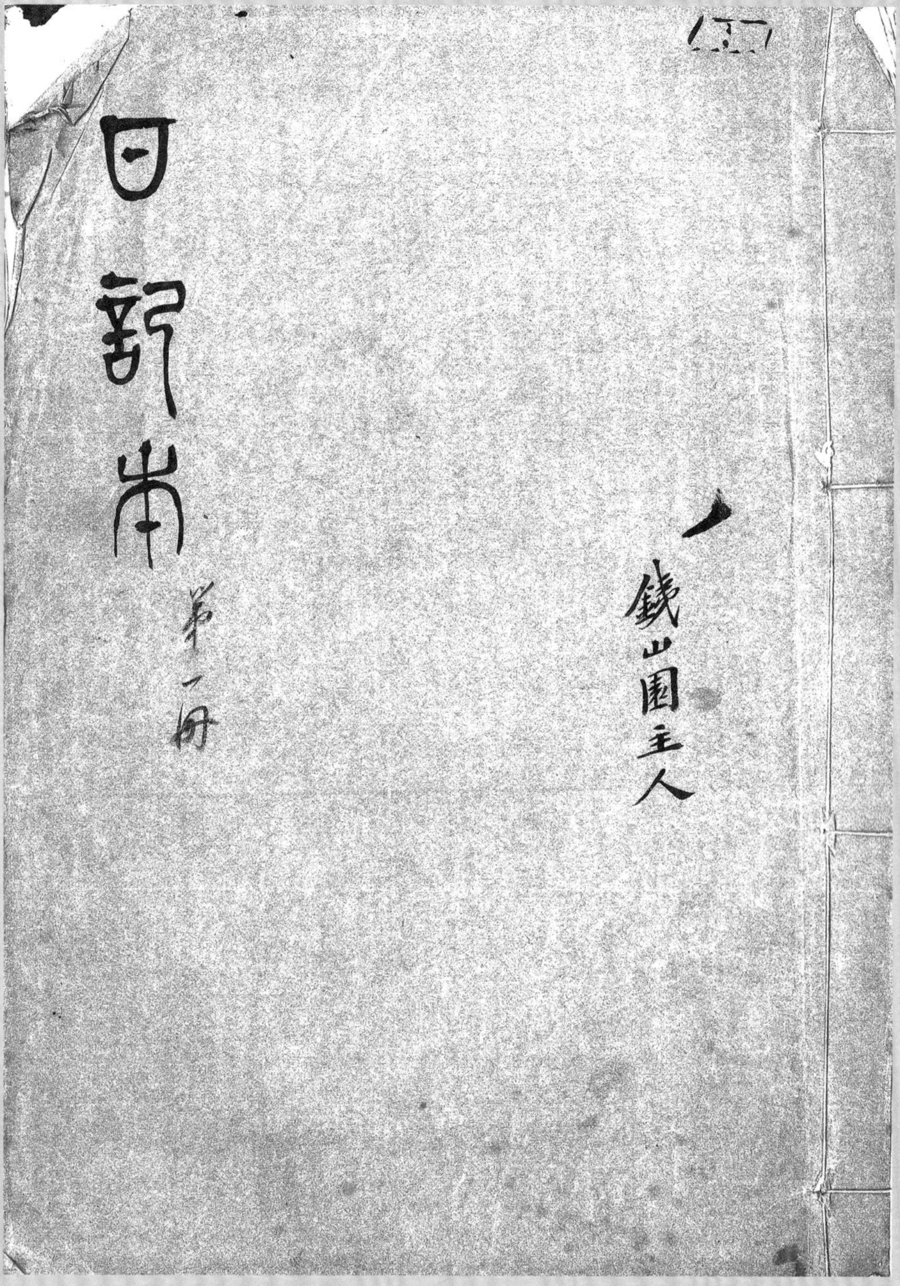

在臺灣日記開始　國內外報（雜誌）刊附記

二十七年戊寅八月十四日　晴

余於抵臺灣後因人事傍午未惶作日記自
前日由樓下移於二樓之掃除書房一樓既完
淨凡讀書寫字皆適從因昨移居棲眠
過晚昨日晚今日身作微覺疲倦早九
時半始起天氣清朗午飯後南來學吳
語（自明饒縣人西田學子）吳語一小時因中央銀行李秘書教授邀
乘車至中央銀行小坐旋即返寓丟綱鑑數
葉亦未晚報敵騎竄信陽東北我擊
退又張學良任（現任川黨主任四川人也）以為某都尚

〔實事求是齋〕〔孔德成印〕〔鐵山園主人〕

在重慶日記開始
凡國內外重要事亦附記

二十七年戊寅　八月十四日　晴

余於抵重慶後，因人事傍午，未惶作日記。自前日由樓下移居樓上，掃除書房一楹，明窗淨几，讀書寫字頗適，但因昨移屋，夜眠過晚，今日身體微覺疲倦。早九時半始起，天氣清朗，午飯後亦未學英語（自到〇後每日學英語一小時，由中央銀行李稽核教授），乘車至中央銀行小坐，旋即返寓，看《綱鑑》數葉。〈南京晚報〉：敵騎竄信陽東南，經我擊退。又，張群主任（現任行營主任，四川人）已[1]飛成都為省府王主席監誓就職，以往四川之反張回川想已成過去矣。且以可表現川省對中央漸趨合作也。又，渝市人口前增至五十萬，現已疏散三萬矣。無力遷移者，並由政府補助。〈簡訊〉檻內有[2]人提議[3]反對妓女坐轎，應節約以助前方，妓女坐轎固屬不宜，然轎子能花幾文？此人獨不見達官貴人乘汽車每月之銷費雖多，不應以節約而禁止乎？反以坐轎為奢乎？如其言，則人人將步行矣。人人步行固無不可，一則貧民求生又少一路，且勢所不能，其留心于小者，而忽其大者，既具節約之心，而又登諸報端，籲請禁止，何不擇其大者、要者而籲請乎？此人亦可謂識之卑卑者矣。

八月十五日　中秋節　晴

早四時即發出警報。余同林君均起床，小坐約一小時半，即行解除。復臥。晚餐同呂老師、李君炳南、壽如、三嫂、林君共食，以應團圓之意（每日兩桌，余同林君、壽如、三嫂一桌，老師等又一桌。今日合併為一桌。）飯後憑闌望月，不禁離人之感，口占一律云：「萬里逢佳節，仰看月更明。蟾光今夜滿，客思幾人生。蜀地亦烽火，沂河猶甲兵。花間聊一醉，蟋蟀淒涼聲。」

十六日　晴，晚微陰

天氣驟熱，猶如伏暑，汗流浹背，時已中秋，氣候如此，真所罕見。〈大公報〉載：法、捷亦宣布復員，國際委員會指定蘇台區界域。斯洛伐克政府成立，狄索為總理，其外交、財政仍由中央政府[4]統一指揮，關于軍事，則由諸黨成立斯洛伐克軍隊，以本族人才為教官，以本籍言語教練指揮（按自德國占領捷克，劃為蘇台區後，嗣波蘭又想將捷國小俄羅斯省劃歸波有，其後捷國內三種民族亦要求自治，共分為三，定名為捷克斯洛伐克羅德尼三族共和國。捷將由中央集權制改為聯邦制。又〈南京晚報〉，我與敵激戰于信陽方面，敵軍一部抵廈門，圖犯我華南，又敵武官大島被任為該國駐[5]德大使。按日本以武官充大使者，此為第一次。

十七日　晴

仍熱。晚應孟毅光先生之邀往章華看劇，唱作均頗精彩，出戲院一時。有人散發國慶號外，上登為德安區我軍大勝，敵兩師團被我大部殲滅，又敵在南京亦召開國慶大會，並宣讀偽滿詔書，大呼滿州國皇帝陛下萬歲。

①「已」字原作「以」。
②「有」字原作「又」。
③「提議」原作「提意」。
④「政」下原脫「府」，逕補。
⑤「駐」字原作「住」。

十八日　晴

下午學英語一小時。偕同林君赴街買物。中央銀行刁副理培然約同茶點。晚余約李稽核、刁副理同進晚餐。飯後應李稽核約，赴新川看影戲，名〈萬花筒〉。事實為美國兩輪爭賽赴法。晚間渝各界火炬遊行，燈光耀天，蓋慶祝南潯線大捷也。泰安、兗州相繼克復，聞之不禁令人大快，又我軍夜襲長江敵艦，並散發傳單。

十九日　陰，夜微雨

今日將所作之由魯到鄂路程記寫完繕出。看《綱鑑》數葉。余自近三四日，一來應酬繁忙，看書時間減少，自今日起，已立定志願，無論如何，總須看足所訂之數目，最要有恒，切記切記。（余每日上午讀經，下午讀史，除此以外⑥，或寫文、作詩，或看其他閒書）。我方前線戰事無大變化，桐城克復。外交，匈對捷提出要求，關于匈牙利少數民族所願，諾佛美斯多與加希爾兩鎮當于十月十一日午夜割歸匈國，又特申區域已入波蘭版圖。余以為匈、波之敢大膽提出無理要求，皆係慕尼黑會議美國縱容德國所致，英固以以殖⑦民地為主要問題，但視德初欲併捷時，英與法少有戒備，則德國態度立時少有變更，借美法養鷹養虎，不顧信義（法與捷為軍事同盟），置盟約為無用，責人國家，以求本身之和平，此禽獸之所不為，而今日之所謂文明大國而竟出此！故歎正道仁義之不行也久矣。居今之世，為國者，祇有自衛，萬不可依賴他人。《詩》曰：「控於大邦，誰因誰極。」其此之謂歟？

廿日　陰，夜雨

早起讀《詩．風雨》一篇，朱子以為淫犇。夫鄭、衛之詩，朱子多以淫犇目之。毛《傳》古文，故不足信，然三家既亡，不得已祇有毛《傳》猶為近古。且康成通人，博采今古，毛傳或非，鄭當正之，不應因謬傳謬，故清人論詩，不得已多取毛《傳》。宋人註經，多以臆意，此其經學之勝，上遜于漢而下遜于清也。余以為治《詩》者，當遵毛、鄭之說，不可雜以後人之臆解，同則遵毛，異則遵鄭。蓋治經者，當遵最初之說，不得已而求其次，總在秦漢之間，不可求之于魏晉以後也。《新民報》敵二千人由廣東大鵬[8]灣登陸，按大鵬當珠江之東南，距香港不過數十里，登陸即為九龍。敵之此舉，蓋欲斷我廣九路，以絕由香港軍火之運輸。又「匈牙利張大口，捷三次被割」匈國要求共有三項（一）斯洛伐克省與小俄羅斯省均舉行公民投票（二）某某地方有斯、羅兩族四十五萬人者，均應割與匈國（三）斯摩尼克與默尼塞克亦應割與匈國。又捷克於林摩思會議，允由匈牙利軍隊先行佔領捷克泮潑里塞及薩托拉喬，兩匈乃於十月三日先行佔領。又〈簡聞〉內有「水」箸〈為淵毆[9]魚〉八股一段，甚為別致。今日看書，未作文。

廿一日　陰雨

看《綱鑑》數葉。晚與林君對弈兩局。《時事新報》敵由（廣東）大鵬灣窺淡水。

廿二日　陰雨

竟日陰雨，足不出戶。看《綱鑑》後，又閱皮鹿門五通論（書）數葉。皮氏講經，專主今文，因今[10]文可信處多于古文，然年代太遠，古文略近（東漢古文）。以今文之不近[11]情理

⑥「以」字原作「一」。
⑦「殖」字原作「值」。
⑧「鵬」字原作「朋」。
⑨「毆」字原作「驅」。
⑩「今」字下衍「古」。
⑪「近」字原作「盡」。

處，亦復不少，而《書》尤甚，故解《書》者，若專主今文，則多有近迷神之說，蓋漢初解經者，齊學多以神道設教之語，此亦今文之病原。成通人，故于《書》亦多采古文也。（新民報）察哈爾我軍[12]克赤城，圍龍關。（又）捷、匈談判實破裂。

廿三日　陰雨

終日未出門。看《綱鑑》數葉，至晉惠帝。恨惠帝庸愚何至此也。身為天子，上不能保其母，下不能衛其子。聽賈后之淫亂而不能治，西晉不亡，何可得乎。賈后囚太后於金鏞城，不數年而己亦死于金鏞，誰謂[13]天公無眼乎。夜看《五經通論》數葉，與林君對弈一局，身倦，遂寢。《時事新報》信陽我退守新陣地。惠陽（廣東）東郊混戰中。晉南我克解縣。又德要求收回殖民地，捷決對德效忠（捷本法、蘇保護國，因德侵捷，法不但不能保護，並將盟約退除，捷不得不附于德）

廿四日　陰　夜雨

晚飯後在樓廊散步，忽見對面山背火燄柱天，半天全為紅色，烟長數里，遠者如墨龍，然近者因火光所照，猶如彩虹，時大時小，由左而右，忽然紅光閃灼，變為藍色，蓋火引虛像也。（藍色數秒即息）晚偕林君同李稽核赴國泰看戲，最後一劇南京名票楊畹農君所演之《新三娘教子》，頗具精。歸時已一時矣。（新聞）戰事我敵兩方均無大進[14]展。

廿五日　陰

連日淫雨，天氣驟寒，窗下讀書，夾衣尚單，身體頗覺疲倦，亦懶看書。午後閒臥，醒後樓窗遠眺，炊煙四起，細雨濛瀧，已近黃昏。飯後與林君對弈。因性不暢，未能竟局。閱鄧完白隸書一冊，詞云：「蒼海日、赤城霞、峨嵋雪、巫峽雲、洞庭月、彭蠡煙、瀟湘雨、（廣陵潮）武彝峰、廬山瀑布，合宇宙奇觀，繪吾齋壁。」「少陵詩、摩詰畫、左傳文、馬遷史、薛濤牋、右軍帖、南華經、相如賦、屈子離騷，收古今絕藝，置我山窗。」鄧公此書，筆墨神韻溢於言表。回憶昔先大父，　式如公曾書此兩聯懸鐵山園中，人跡既往，故園何在！心動不禁潸然淚下也，日後返故鄉將先人手澤當與此冊並為裝潢，可稱二寶，遂將此語書於冊後。又閱李蓴客慈銘先生《越縵堂日記》，李先生對巽軒公推崇備至，足見先生學有所得，論人確有見地，不似後人之人云亦云也。（新聞）我敵戰事均無大變化。

廿六日　陰雨

午後鼎丞師來（丁惟汾，字鼎丞，山東日照人，中央常委，長於韻學。）坐談頗久，並將〈關雎〉詩按古韻讀，所異於今者，不過十之二三耳。並言就每星期學韻學兩次。嗣陶君秉夷過訪（北平人，余表兄）。饋醬牛肉少許，尚有北平味。遂彼[15]並擬在此開北平小吃店，余亦頗為贊成。六時半，應培然約，赴其家晚餐。歸已十時矣。閱《東塾讀書記》。東塾先生之學，主漢宋不可偏廢。然自來主是說者，多有騎牆之見。而是書獨有獨見地，考據精確，立論廣通，可謂一代通儒。十二時寢。

廿七日　晴

午後同李稽核往黛吉咖啡館小坐。五時應車惠慶先生約，小坐即行。六時余在燕市酒家請

[12]「軍」字原作「君」。
[13]「謂」字原作「為」。
[14]「進」字原作「近」。
[15]「遂彼」應為「彼遂」。

客，計到王獻唐（山東圖書館長）、劉次簫、王立夫（均山東教廳職員）、陳雪南、王寔甫（均山東人），肴蔬尚佳。八時席散，本擬赴孔院長公館，因身倦不欲出門，遂看《綱鑑》數葉，就寢。

廿八日　晴

讀《越縵[16]堂日記》數葉，李君學通今古，而詞之艷冶亦有難及處。茲錄其二闋于下：

風樣流絲，雨晴芳草，騎聯重歎禪開。碧桃方過，紅綻海棠鮮，猶有丁香似雪，斜陽外，占盡春研。經行徧，廊空人寂，雛鵲鬥花前。

蕭然僧幾個，垂簾掃地，靜炷爐煙。且訪鐘林下，選石雲邊。難得江南吟客，松風裏，來聽茶煎。還相約，綠陰如幄，清簟枕書眠。[17]

又一闋：

檻外綠漫漫，烟樹四環，夕陽依舊滿西山。萬戶千門無覓處，寂寞春還。

無語獨憑欄，舊事堪歎。龍舟猶繫綠楊灣，風吹宸遊天上去，流水人間。[18]

晚同李稽核赴華洋飯店，後又赴孔院長公館。十時歸。

廿九日　微陰

上午九時即發警報，至十二時解除，並未入重慶地方。據晚報稱，敵機一批亂飛，湘、鄂、川、黔今晨均有警報，又敵機廿七架襲武漢，十八架晨炸梁山，又廣州近郊發生戰事。又捷與蘇退出公約。晚閱《綱鑑》數葉。

九月一日　陰　下午雨

下午赴求精中學開會（係山東在渝同鄉歡迎孔院長、屈文六等，因振委會前曾撥款振濟山東難民，開會表示謝意。）鼎丞師首述謝意，孔院長等亦相繼演說，並當場允由財部再撥十萬元。七時散會，出場時雨已霏霏，道路泥濘難行，扶僕而歸。

二日　陰雨

午後赴鼎丞師處，將《詩．葛覃篇》按古韻讀過，所異于今者，比〈關雎〉較多，細心讀之，亦易事也。獻唐並出在沙市所得漢印一方，文曰「平樂鄉侯」白文四字，金光閃灼，蓋含有金質也（考平樂為西漢郡），丁希農先生並出王陽明先生答王純甫問學手札索題，蓋贋品也。余書某某拜觀數字歸之。六時歸。（新聞）我軍前日退出廣州。

三日　陰雨

下午出門，為維鄂買代乳粉，日前所買九元或十六元三磅者，今已增至六十元矣，駭人，駭人。

四日　陰　微見陽光

午後寔甫來訪，略談即去。晚身覺疲倦，不看書。（新聞）我軍昨日下午自動退出武漢。

五日　陰　下午小雨即止

下午赴中央銀行，六時歸。飯後閱歷史。（新聞）敵軍今日入武昌、漢口。江西方面，進攻德安。（外）匈牙利要求捷國割各區予匈，捷已接受。

⑯「縵」字原作「漫」。下同，不另注。
⑰詞牌名〈滿庭芳〉，本日記未注明。
⑱詞牌名〈浪淘沙〉，本日記未注明。

六日　陰

午赴中央銀行。下午赴燕市酒家吃飯。（新聞）參政會在渝開二次大會。

七日　下午晴，旋陰又雨，雨止又晴

十一時陶秉彝來，並約同赴老鄉親午餐。余歸後，李稽核來，學英語一小時。又赴鼎丞師處學《詩》古音一小時，讀〈卷耳〉一篇。小坐即雨，雨止速歸。晚飯後閱《綱鑑》數葉，即寢。（新聞）參政會二次大會第二日。

八日　微晴，夜雨

未出門。下午閱《越縵堂日記》，載「楊沂孫書〈夏小正〉經文，其二月，來降燕，乃睇，下增一『室』字，與孔撝約說合。盧抱經校本謂：『以傳文推之，經文似當有室字。』」見《荀學齋日記・戊集》四十二葉中。晚赴西大街彥東二叔處，公為曾豫生祖餞，因其將赴英倫也。歸後批閱《東塾讀書記》，又閱《經學通論》。

九日　晴，晚陰

下午接仰恭叔祖電話，即赴往謁，五時同赴壽如處，並同赴國際聯歡社晚餐。孟毅生來晤，張岳軍來，不晤（行營主任、行政院副院長）今日雖逢重陽，然旅人多懷，亦未有登高題糕之志，搔首魯雲，歸路何時？擬賦詩遣懷，此種題易落窠臼[19]，思之再三，亦無好句。多一事不如少一事也，遂而置之。

十日　陰

上午宋穀愚（山東民生銀行行長）請客，在燕市酒家。下午李稽核在大三家酒家請客。歸後閱《經學通論》。（新聞）蔣委長發表告民眾書，仍繼續抗戰。

十一日　上午晴下午陰

上午王有龍在浣花飯店請客。晚余在華洋飯店請客。終日忙於酬酢，身體勞倦，且亦不能看書，勞民傷財，究有何益？蓋嗣後當力減無謂應酬，再就節約，專心讀書，語云：「學問如逆[20]水行舟，不進則退」一日三秋，何可絕乎？

十二日　陰

下午校《東塾讀書記》兩卷。至[21]鼎師處學古韻，讀〈樛木〉一篇，並借得《東原遺書》。閱太炎先生親筆書贈鼎師詩五律一首，聲調鏗鏘，筆墨燦爛，詩云：「**平生樽酒意，垂老又相逢。攬[22]鬢誰先白，疑年各號翁。擘經懷孔壁，論韻識齊東。薄暮平門道，車聲隱梵鐘。**」後並有黃季剛（侃，太炎先生弟子）跋。此二十三年春日也。而季剛則以是年病逝，太炎先生亦以次年逝去。儒林大師相繼卒謝，國學一門皆成後起之責，余亦欲與今之學子共勉之。

十三日　陰

午進城買物。晚校閱《東塾讀書記》。（新聞）我軍退出德安。

---

⑲「窠臼」原作「巢臼」。

⑳「逆」字原作「沂」。

㉑「至」字原作「致」。

㉒據章炳麟手稿，「攬」字原作「擥」字，「攬」之古字。

十四日　陰
早九時發出警報，敵機四十餘架，我空軍在梁山與之大戰，敵機被我擊落數架，我無損失。午約同李稽核同往黛吉吃飯。下午校閱《東塾讀書記》。晚飯後續校，共校點兩卷。

十五日　晴
校閱《東塾讀書記》。閱《綱鑑》數葉。

十六日
閱《東塾讀書記》。新聞：參政會今日閉幕。

十七日　晴
閱《東塾讀書記》。晚看《綱鑑》數葉。

十八日　晴
今日發出兩次警報，敵機在廣陽壩投彈多枚（廣陽壩是飛機場），成都空戰十五分鐘，我無損失。翼鵬來（姓屈，山東魚臺人，山東圖書館主任）以所著《載書漂流記》見示。所載之書為圖書館之書也。其記分上下兩卷，上卷即記由濟南至萬縣途中所記也。下卷則專記曲阜賢德也。對曲阜考據諸條有不精者，亦有誤者。余有校正數條（一）（彼謂文津橋下即洙水）文津橋非洙水所經，古制陵廟前多有橋或牌坊之設，係屬制度，橋下經水，或有或無不等，即所謂玉帶河者也。鄒縣孟林前橋，尼山孔廟亦皆有橋，即明清諸陵皆然，今孔林文津橋正當魯古城，北門內東南約一里，即周公廟。按今周公廟即魯太廟舊址[23]，當時定大于今制，以此推之，則今之文津橋，正當魯太廟西。洙水既能防齊，定為大水，以太廟之尊，安能建于大水之上哉？（二）矍相圃二石人始見于牛空山《金石志》，定為西漢。阮文達《山左金石志》（此因其考據不清故詳考之）定為東漢，蓋西漢無樂安郡（石人二，一人胸前銘曰：府門之卒，一人胸前銘曰漢故樂安太守麃君亭長）阮說是也，牛誤。（三）莊谷老人紅欄書屋在今曲阜城內東門裏以北慎修堂西偏院正堂是也（彼謂紅欄書屋，在五馬祠街，今亡之）匾頗尚存，現在孔心如手（心如名繁錦，巽軒公玄也）。（四）微波榭在今城東南二三里，考之曲邑文獻，各書皆無確證，尋之亦渺無蹤跡，鄉人亦無知者，甚矣陵谷之變遷也。（五）周公廟、周公像，上者周公二字，阮文達謂係負輦像，觀其字跡畫法，最晚亦東漢時物，王獻唐謂周公二字為後刻，不知何所見而云然也。（六）禺，區也。《管子》云：「是謂十禺。」註：「每十里為一禺。」此云「山魯市東安漢里禺石也」者，是謂山魯市東安漢里區石也，若依「大」字解，於篆似有未安。

（抄記原文）

曲阜城東瓦窯頭村，土人掘土，得古墓一，共八石，其中一石脊背篆書曰「山魯市東安漢里禺石也」十字，山字雙鉤，餘皆單筆，字徑半尺有奇，獻唐先生曰：「漢碑流傳至今者雖不尠，而字大如此刻者，大風碑外實不多見。大風碑年代尚有問題，故此彌足珍異，其人物篆刻技術與武梁祠異，而與河南南陽畫象近，亦可異也。」按「禺」字當訓大，《詩・六月》：「其大百顒。」顒從禺，又訏、芋諸字音近，亦皆訓大，可證也。屈說牽強，故余特證之。（成記）。

十九日　陰

下午學英語。（新聞）中國國民黨將於十二月廿五日召㉔開五全大會。

㉓「址」字原作「趾」。
㉔「召」字原作「招」。

廿日　旱雨

晚得曲阜莊老師、王老師、伯母、三妹、魯民師母信，當即覆函，並致靈叔、五叔、雲光大叔問病，並鶴生托由曲阜家中撥糧食事。

廿一日　微晴

校閱《東塾讀書記》。晚，鼎丞師招飲永年春，二更歸。

廿二日　晴

午閱《東塾讀書[25]記》，又閱李蒓客《越縵堂日記》。見詩兩首，愛而錄之：

〈題布衣張戣民詩集〉

一飯尚艱難，愁來把劍看。文章貧後健，天地布衣寬。

莫笑唐衢哭，誰憐范叔寒。朱弦勤拂拭，為遇賞音彈。

《越縵堂日記．桃花聖解庵．辛集》四十二葉。

又，

〈重九後三日，偕庭芷[26]、六舟、逸山、鄧獻之郎中琛飲城東夕照寺，并餞麐伯督學山右[27]，酒畢同游[28]萬柳堂作〉

又展重陽飲，東郊策[29]騎便。路平知水近，野曠得秋偏。

遠樹因藏寺，高城欲切天。言尋磬聲去，不覺入林烟。

（辛集四十九葉初時錯倒）

蹋葉山門裏，蕭閒衲子家。講臺依翠竹，禪榻映寒花。

池小泉聲密，林疏塔影[30]斜。最憐秋柳外，夕照帶歸鴉。[31]
昔日平津館，風流最可傳。愛才賢相業，行樂盛朝年。
花木憑誰記，樓臺盡作田。荒地留一曲，曾與照華筵。
畫篠明將發，乘軺上太行，河聲三晉壯，日氣九邊黃。
地險風猶古，民貧學易荒。澄清吾輩責，話別暮雲蒼。

李君為有清一代大儒，經史百家，無所不通，十三經有今古文彙正，即詩詞小記，亦無不精，偶閱及之，遂錄數首于此。至于書中記事之詳明，筆墨之蒼老，及者有幾？而窮困都下，不得志而終，因歎古來佳人才士蓋多如此，甚矣皇天之困人也。（《越縵堂日記》分〈孟學齋〉、〈受禮廬〉、〈祥琴室〉、〈息荼庵〉、〈桃花聖解庵〉、〈荀學齋〉諸名，別有民國九年蔡元培、傅沅叔等取其低廉，鉛印凡五十一冊）。

廿三日　晴

早起覺寒，須衣棉衣。天氣清明，無一絲雲，近二月來，以此日天氣為最佳，而敵機竟無來襲，幸甚，幸甚。（新聞）長沙大火，居民悉遷岳陽，我軍退守某要地。

廿四日　晴，多雲

昆明昨日降雪，故今日早起棉衣尚覺單也。午後詣鼎丞師處學古韻，讀〈螽斯〉兩篇。五時

㉕「讀」下原脫「書」。
㉖「芷」字原作「芝」字，據《越縵堂日記》改。
㉗「山右」原作「山左」，據《越縵堂日記》改。
㉘「游」字原作「遊」字，據《越縵堂日記》改。
㉙「策」字原作「側」字，據《越縵堂日記》改。
㉚「影」字原作「景」字，據《越縵堂日記》改。
㉛原作「雅」字，今改「鴉」字，雅鴉通用。

歸，仰恭等招飲，不往。前借鼎丞師章太炎先生〈制言〉半月刊，奉還，並換得桂未谷《札樸》一部歸。（新聞）敵機昨日襲成都。

廿五日　晴，下午有風，夜雨滴瀝有聲

早起微寒，天高氣清，明窗淨几，讀《毛詩正義》〈還〉詩兩篇。下午閱《綱鑑》「齊高祖」。晚飯後閒談。

廿六日　陰

早起閱《詩經注疏》〈著〉詩一篇。下午二時房主夫人（房主四川人，姓龔，美豐銀行經理）邀余及林君赴新川看影戲，戲名「星海浮沉錄」全部天然五彩，亦頗美觀。散戲後，余與林君閒步街頭，遇李稽核，邀赴冠生園（在關廟街）用飯，飯後而歸。

廿七日　陰，下午雨

下午赴中央銀行，因壽如（西五府）三兄由洛陽匯二百元來，屬由曲阜府中照撥，以濟其家應用，蓋以此款還余也。近兩月此事發生甚多，蓋因曲阜糧粒不能進城，而匯兌而[32]不能通，故致窮迫，故皆以此事相強。彼不知余家中情況亦如此也，且不欲以為難之事而強諸府中執事之人，余當闕之。晚偕林君邀李稽核、汪主任、孟毅生赴章華戲院看戲，夜十一時歸。

廿八日　陰雨

終日未出門。閱《綱鑑》數葉。

廿九日　終日陰雨

早起看書。下午作〈秋興〉四首（七絕）。晚暢九邀余及林君赴瘦西湖便酌，飯後並邀往新川看影戲，二更後歸。

三十日　陰雨

早起費竟日之力作五律一首〈江上〉，蓋久不作詩，意已漸澀也。下午赴中央銀行。赴鼎丞師處學古韻。黃昏歸。

十月一日　陰雨，下午微晴

終日未出門。下午學英語。今日買得《聖哲畫象記》（曾文正著，自文王至高郵二王，圖而記之）。

二日　陰

今日小雪，節在北地已甚冷矣，而蜀中猶似暮秋氣候，何其懸殊也。晚往訪傅斯年（孟真[33]），並應孔院長約，在座者聞〇雲生護送班禪大師回藏專使趙守鈺等。十時歸。

三日　陰

午後往訪仰恭，晚余邀其到黛吉吃飯。二更歸。

㉜「而」字當刪。

㉝「孟真」原作「夢真」。

四日　陰

早，趙心德來、仰恭來，邀同赴燕市酒家用飯。晚青選在其宅中招飲，蔬肴頗精，二更歸，頗有醉意。

五日　陰

下午赴鼎師處學韻學，讀〈漢廣〉兩篇。赴城內拜訪趙心德、宋穀愚、劉伯閔、范予遂，皆不遇。五時歸。

六日

午校閱《綱鑑》，晚未出門。

七日　陰

晚應張幼山約，在永年春，又，趙心德在上海社招飲，亦赴之。二更歸。

八日　陰

早七時過江拜訪紹堯宗長、熊丈觀民，十二時返。學英語。晚余在聯歡社飲幼山等。二更後歸。

九日　陰

早十一時，偕林君赴江慶旅館回拜趙心德及其夫人同李夫人，並邀往聯歡社進午餐。餐後趙夫人邀往國泰觀劇。六時，趙夫人邀在沙利文便酌。八時半歸。

十日　陰雨

未出門。學英語一小時。

十一日　陰

早校閱《東塾讀書記》。晚，山東胡秘書長家鳳招飲永年春，林君則應王廳長（山東財政廳長，名向業，字曉航，河北人。）夫人約飲上海社，二更歸。

十二日　晴，昨夜江北微雪

早閱《越縵堂日記》一冊（第卅一冊）。下午同林君進城，拜王廳長夫人。晚，余在浣花菜館為彥東叔補祝，昨日為其生日也。余並至中央銀行為顏孟曾敢户存款事（前田士勸存，今始歸余經手存放）。

十三日　陰

早，彥東二叔在稅務管理所招飲。飯後往訪山東省政府秘書長胡家鳳，聞山東專員范築先在聊城殉職，專員郁仁治在肥城殉職。往訪何冰如，詢門未得，即返。寫對聯。

十四日　晴

閱《白虎通》。下午赴稽核處學英語。下午閱《白虎通》。

十五日　陰

早閱《白虎通》。下午李稽核來，學英語。晚雪南招飲燕市酒家，一更赴之，二更歸。

十六日　陰

閱《白虎通》。赴鼎丞師處學古韻。晚，林君在聯歡社宴客九人，到者一人，又之新川看影戲，十時歸。

十七日　陰

閱《綱鑑》。下午赴稽核處。晚寫聯二付。閱《綱鑑》。

十八日　陰，夜雨

早閱《綱鑑》。十時詣戴季陶師，因新返自西康（代表中央致祭班禪活佛），語談甚久，對邊陲事務關懷甚切。二時赴稽核處學[34]英語。孟毅生來，約赴章華看戲。六時赴于沐塵（恩波，山東）先生之飲。七時赴馬木齊（鐸，山西人，前濟南中央銀行行長）之飲。九時赴章華，踐孟君之約，十時歸。閱《綱鑑》，抄《白虎通》。

十九日　陰

早讀毛《詩》注疏三篇。飯後閱《綱鑑》，至夜三更始罷。

廿日　陰

早起甚遲，飯後閱《東塾讀書記》。晚飯後閱《綱鑑》，抄《白虎通》。

廿一日　陰

飯後李稽核來，學英語，後同往中央銀行存十、十一兩月招待費肆仟元。又赴鼎丞師處學韻學。又偕林君赴新來鴻便酌。九時歸。

廿二日　晴

早閱《綱鑑》。飯後赴稽核處學英語。四時詣　蔣委員長行轅報到。詣鼎丞師處小坐，歸後寫對聯一付。

二十三日　晴

李稽核來，宋穀愚來。閱《東塾讀書記》。接雲光大叔信一封，係陽曆十一月十四日所發者，至今已一月矣（今日為陽曆十二月十四日）。復壽如函，仍為撥款事。

二十四日　陰

下午赴中央銀行，為三嫂提款一百元。歸後閱《綱鑑》，寫對聯。

二十五日　陰

學英語。閱《綱鑑》。寫聯。晚同三嫂、林君赴梁園吃燒鴨，價廉物美。飯後在街上散步，九時歸。閱《越縵堂日記》。（復雲光大叔信一封，上莊、王兩夫子信一函）。

二十六日　陰

下午于院長右任招飲。飯後赴章華看戲。

㉞「處」下原脫「學」。

二十七日　陰

柯定礎先生將所作書畫在英年會陳列，任人購買，將所入之錢盡捐為救濟難民之用，余亦以五十元購畫一幅。即偕慕賢赴彥東叔處晚餐。二更後，僱破車而歸。

二十八日　陰　夜雨頗寒，風起

上午彥東叔招飲。三時赴川道拐弔趙榮鑫太夫人之喪，曲道泥濘難行，五時歸。閱《綱鑑》。洗足。閱《越縵堂日記》。

二十九日　陰雨微寒

閱《綱鑑》。晚，王伯龍先生招飲，七時赴之，二更歸。接大姐由平來信，云二姐患乳疾，已動手術。遊子聞之，不覺心悸，又恐其醫費浩繁，一時無錢，因此而疾不得除根也，當復長函，詢其近況。洗足就睡。

三十日　上午薄陰，晚雨

飯後赴稽核處學英語。之鼎翁處，不值，又赴中央銀行，五時歸。寫輓聯送山東殉職（聊城殉職）專員范竹仙[35]（一付）並同時殉職者，文云：「政聲比龔勃海，教令比黃潁川，戎馬一鳴琴，無限謳歌徧沂水。壯烈似左冠亭，沉雄似戚武毅，風烟重對壘，式憑靈爽保神州。」（竹仙先宰沂水，後宰聊城，政聲後遜于前）呂師、炳南輓之云：「仗節衛枋榆，方歎汪踦殉魯國。（竹仙子先死於濟南）結纓死社稷，無慚許遠守睢陽。」瀞叔輓之云：「百里宰瑯琊，勤政愛民，治績應登循吏傳。孤忠幃聊攝，成仁取義，英風無愧戚家軍。」

十一月初一日　陰，冬至

閱《綱鑑》。晚，張某邀看戲，二更後歸。接莊、王二師、伯母、三妹、大姊、孫鐵君兄信各一封，皆係十月八日所發。

二日　薄晴

二時赴銀行公會，參加范竹仙（名築先）先生追悼會，由鼎師主祭，庸之叔祖亦前往致祭。六時歸。

三日　陰，夜雨

飯後同林君赴助產醫院探視三嫂，云昨晚已生一女。余復同李鐵籛君赴新川看影戲，七時歸。（新聞）汪先生精衛昨日離渝赴港養痾，聞或有政治作用。

四日　陰雨

終日閱《越縵堂日記》，晚閱《綱鑑》。

五日　陰

閱《越縵堂日記》。鼎師來，邀往劉守中先生處，于右任、張溥泉、焦易堂諸先生皆在，談頗久，又赴焦先生臨時之邀。飯後二鼓歸。

六日　陰

午後同林君進城，刁副理培然邀赴黛吉進點，並談及彼將發表本市財政局長，彼不願担任，以本

㉟「仙」字下衍「先」。

地人而執本地財府，絕難辦好。且四川與中央間，其中問題尚多，更難着手進行也。五時歸。

七日　晴

早發出警報，聞敵機至合川而返。下午在市商會追悼蔣百里先生（名方震，現任陸軍軍官學校校長，在廣西宜山途中病逝）。　委座親臨主祭，神色愴悼，潸然淚下。余輓之云：「**文武邁羣倫，久已瀛寰傳寶笈。國家方大難，誰從鈴閣訓兵韜。**」四時歸。讀歸震川《文章指南》，閱《綱鑑》、《越縵日記》，十二時睡。

八日　微陰，有日景

李稽核來，學英語。抄閱《白虎通》。晚寫對聯兩副。閱《綱鑑》數葉，閱《越縵日記》。

九日　陰

早閱《毛詩註疏》。下午閱《綱鑑》，晚閱《越縵日記》。

十日　陰

終日讀書。

十一日　下午晴，下午陰　陽曆一月一日

早偕仰公赴庸之處拜年，又偕林君赴鼎師處拜年，並留午飯，飯後赴城裡拜年數家。余素惡此，拜㊱年而在國難期行之，可謂不知亡國恨者，但禮尚往來，人來我獨不往，人將以我為傲㊲人矣，勉而行之。飯後同林君之中央銀行樓上觀燈，蓋皆宣傳抗戰者，人馬塞途，萬巷皆空。

李稽核邀赴聯歡社小飲，未幾，庸之叔祖招飲，席間談及汪兆銘為敵利用，開除黨籍，逖聞之餘，不勝驚駭。汪先生黨國元老，勛位素隆，雖往屢主和戰，日人亦借以為中國和平代表者，不意而出此下策也。十一時席散而歸。（孔氏所談與大公報所載同，記于次日新聞摘要中）。

十二日　陰

早閱報載：汪兆銘氏違法亂紀，中央予以除籍、撤職，中國國民黨開除汪兆銘黨籍決議文：「汪兆銘承本黨付托之重。值抗戰緊急之際，擅離職守，匿跡異地，傳播違背國策之謬論。艷日來電，竟主張以敵相近衛根本滅亡我國之狂悍聲明為根據，而向敵求和。一面騰之報章，廣為散發，以建議中央為名，逞搖惑人心之技。而其電文內容，尤處處為敵人要求曲意文飾，不惜顛倒是非，為敵張目。更復變本加厲，助其欺蒙。就其行為而言，寔為通敵求降，充至影響所及，直欲撼動國本。我國為救亡圖存，發動抗戰，百餘萬將士之死傷，數百萬同胞之犧牲，慘痛深切，無非欲根本消滅敵人之毒計，以永保我國國家民族世代永久之生命。年餘以來，國民則精神團結，將士則踴躍用命，萬眾一心，咸集于本黨總裁　蔣委員長領導之下，堅毅不屈，有必達勝利之自信。今敵人謀我之野心益彰，伎倆益毒，即吾全國之敵愾愈切，決心愈堅。汪之所言，不但為中央所痛絕，寔亦為全國民眾所不容。查戰爭期間，任何國民，絕對不得違反戰時國策之決定而自作主張，本黨紀律更絕對不許逾越黨的正式決議、違反黨的規則，而以個人發表其意見。汪兆銘此種行動，其為違反紀律、危害黨國，寔已昭然若揭。大義所在，斷難姑息，即予永遠開除其黨籍，並撤除一切職務，藉肅黨紀，以正視聽。我國民須知，抗戰決勝之最要關頭，唯在意志統一、精神不二。我民族在昔迭遭外患，如宋、如明，固僅為一姓一家朝代之潰滅，而非為我民族之覆亡，然其致敗之原，則皆由當時朝廷少數奸邪精神懾

㊱「此」下原脫「拜」。
㊲「傲」原作「敖」。

服，天良喪盡，以致滅亡，決非民氣與國力不能抗戰也。故今日抗戰，非整肅綱紀，不足以振作精神；非怯除攜二，不足以戰勝強寇。綜觀敵人最近之毒計，寔欲威脅我精神，而導我於分裂覆亡。本黨深知我全國同胞，民族意識普遍，發揚春秋大義，深入人心，只須堅定不移、奮鬥不屈、嚴守國策、統一意志，最後勝利，自必寔現。今後抗戰國策一本于本黨總裁上月廿六日在中央紀念週所發表之演詞為唯一標準，願我全國同志及將士同胞，本此意志，悉力以赴。其有背越斯旨之言論與一切行動，皆為國家利益與法紀所不容，必與國人共同擯棄，以保持戰時意志之嚴整，而完成我三民主義革命救國之使命。」蓋汪氏承認[38]近衛（陽）十二月廿二日之聲明，並聞日人引汪氏以厚賄，早與日人接洽，故此次不辭而行，漢奸行為，昭昭然也。

十三日　晴，晚陰

終日圍爐讀書。傍晚風起，甚寒。

十四日　陰

足不出戶，圍爐讀書。計讀《越縵日記》、《毛詩注疏》，晚抄《白虎通》。並錄昨日查《詞源》「歷代帝王年表」中獨缺唐武氏廿一年改元及歷年大事，余特轉錄出以備，易于查考。別為稿。寄雲光、靈叔兩叔信各一封，翼鵬信一封。

十五日　陰

早圍爐閱報，日本近衛內閣總辭職，首相繼人選為其樞密院院長平沼騏一郎聲最高，敵閣之此次總辭，其原因有三：（一）「軍部與右派均要求另組較強之內閣，令其提供保證，勿任溫和派利用近衛前于十二月廿二日所提出之條件，以與中國媾和，蓋與中國成立折衷方案寔本于日本退讓故也。（二）軍部與右派要求政府對于各國併蘇俄在內採取強硬政策。（三）溫和派與國家主義派均不願以各法西斯國家政制為藍本而在日本樹立全能制度」。近衛苦于無法應付，爰毅然引去也，而其最主要即欲征服中國，寔行全國總動員方案也。晚接曲阜雲光大叔（陽曆）十二月廿一日、廿三日兩函，靈叔、五叔、伯母、三妹冬至日函，北平大姐信、孫鐵君信各一件。身體不快，未讀書。

十六日　小寒，陰

趙心德來、孔某來。上午宋穀愚先生招飲。飯後同趙某赴中國銀行，又赴中央銀行。四時歸。

十七日　陰

孟毅生來、趙心德來。昨書賀王老師，並致三妹、五叔函（早宋穀余招飲，晚炳南招飲）。

十八日　陰

早十時，壽如、三嫂自醫院歸。晚，余宴中國銀行諸人，九時席散，微醉而歸。

十九日　晴

早閱《毛詩注疏》，晚閱《綱鑑》，並將武則天氏自光宅起廿一年中所有其改元及每年大事錄出，因《辭源》設「歷代帝王表」中闕此，故補之耳。則天氏改尚書省為文昌臺，又改中臺，尋復舊稱；中書省為鳳閣，門下省為鸞臺。玄宗開元元年改中書省為紫微省，門下省為黃門省。又，岐王名範，玄宗弟也，即杜工部詩中所謂「岐王宅裡尋常見」者是也。

㊳「認」原作「任」。

二十日　陰，霧甚濃，下午晴

今日為瀞庵叔五十初度。早余在浣花設壽席，飯後余偕林君赴李園（本名禮園，土人呼之謂李家花園）閒遊。時山間正修馬路，崎嶇難行，由新披門入，即飛閣舊址，因某要人在此興土木之役，故毀舊而起新。後為鸞嶺石碑，為昆明陳榮昌書丹，前行則為李氏之墓碑，陽曰「□□□□之墓」，不題年月。過此則曲徑通幽，蒼翠無際，紅梅將殘，餘香猶在，嫣然人行圖畫之中。虎巖者，李氏養虎之處，淺水一彎，橋架其上，依欄佇望者久之。園據浮圖關頂，前抱長江，後枕嘉陵，是園者，可謂兼雄壯秀麗而有之矣。時夕陽在山，鳥聲穿樹，步履遲遲，有倦遊忘返之意。歸，彥東叔招飲。

廿一日　陰

閱《歷史》及《越縵日記》。四時　蔣委長在官邸召見，　委座精神豐滿，笑容可掬，約談十五分鐘，垂詢甚詳。晚余邀李稽核等小飲而歸。

廿二日　陰

早赴雯先處。十時赴錢主任（委員長侍從室主任，名大鈞）處，又赴孔院長處。下午七時歸。讀《綱鑑》，蓋「侍讀之名始於唐玄宗開元三年」「其初也，立嗣真為鄫（嶧縣）王，嗣謙為太子」「四年，以嗣真為安北大都護陝王，嗣昇（肅宗）為安西大都護，二王不出閣，諸王遙領自此始」。

廿三日　晴

校閱所集之唐武則天大事表。赴鼎師處學韻語。赴中央銀行。飯後視孟範疾，順路至青選家小坐，三更歸。

廿四日　晴，薄雲

閱《綱鑑》。晚李稽核招飲，十時歸。

廿五日　晴

實甫來，留早飯。早十一時半警報，忽[39]傳敵機之聲，由遠而近，即避入防空洞中，投彈之聲，振耳欲聾，房屋皆為搖動。約半時餘，敵機始逃去。聞轟炸地點即上清寺、國民政府左右及朝天門碼頭。午後步至上清寺被炸區巡視，災民哀號，道旁餘火猶延，屋辟慘景，哀聲不堪耳目。遊人如織，蓋皆往視者也。閱《越縵息茶庵日記》（同治八年七月）其說《說文》弓部𢏚字云：「𢏚，帝嚳射官，夏少康滅之。」又羽部羿：「亦古諸侯也，一曰䠶師。」又邑部窮[40]：「夏后時諸侯。夷羿國也。」案𢏚、羿自是一字，從羽猶從弓也，而帝嚳射官之𢏚即堯時所謂䠶十日殺窫窳、斬九嬰、䠶河伯者，《論語》所稱羿善䠶，《孟子》所稱逢蒙學䠶於羿，皆是人也。羿為蒙所殺，故南宮适云不得其死。盪舟之奡，即《棄稷》所謂無若丹朱傲之傲。陸氏《釋文》於〈益稷〉文云：「傲一作奡。」古人論人，必時地相值，南宮正以羿、奡、禹、稷同時並為堯臣，故取以衡量，必非夏相時之羿、澆也。註《論語》者，見羿名偶同，奡、澆亦音近，遂誤為夏時之羿、澆也。不知《左傳》所載有窮事甚詳，並無澆能蕩舟之言。且羿為寒浞與家眾所殺，非殺于逢蒙。羿、澆皆亂賊不容誅，豈得但云不得其死，尤不得以尚力不尚德蔽之。故許于𢏚下引《論語》曰：「𢏚，善䠶。」於窮下曰：「夏后時諸侯，夷羿國。」分別

[39]「忽」字原作「曶」。

[40]「窮」字，《越縵堂日記》原作「竆」。

畫然。而羿下云：「亦古諸侯」者，謂夏之有窮后羿；云「一曰䠶師」者，謂一說羿即帝嚳䠶官之𢏚，蓋許自序稱《論語》皆古文，則所見《論語》作𢏚為古，而用羿亦可通。帝嚳及堯時之𢏚為䠶官，未嘗為諸侯。夏時之羿為有窮國君，未嘗為䠶官。凡《山海經》、《歸藏》、《楚辭》、《莊子》、《淮南子》所稱之羿，皆堯時之𢏚也。堯時之𢏚，蓋如稷與共工之比，即以其官名之。夏時之羿，乃名字偶同，而後人附會。自賈景伯言羿之先祖世為先王䠶官，於是郭璞則以為后羿慕羿䠶，故號此名。孔穎達則以為羿是善䠶之號，非人名字，故嚳時、堯時及夏皆有羿，不知后羿名為何。鄭樵則以為羿必太康時人，以䠶得名；堯、嚳時亦有善䠶之人，世譌以為羿。景純、沖遠皆望文為說，羌無寔據，漁仲直不學而妄言矣。其能析言之者，叔重而後，吳斗南辨之最明。故疑許於𢏚下云：「夏少康滅之」，似亦從世為虞夏官之說。不知此五字，蓋是後人羼入。既云帝嚳射官，則非諸侯國名，亦非氏族名，何得云少康滅之？且即如其說，夏羿乃寒浞所滅，少康惟滅澆豷，故《左傳》云遂滅過戈、復禹之績。寒浞已非少康所滅，何論羿耶？至奡之非澆，《說文》亦甚明。夰部奡下云[41]：「《虞書》曰若丹朱奡，讀若傲，《論語》奡盪舟。」，此以證《論語》之奡與丹朱[42]並時，非澆可知。金壇段氏注許書，最稱精竅，而於𢏚、羿則以為夏時夷羿乃帝嚳射官之裔，於奡澆（《說文》豷下引《左傳》生敖及豷，則以為一人，可謂明有所不瞭矣。」李氏之說精審確當，摘錄于此。（新聞）英首相張伯倫日前抵義，與墨沙里尼會議，係對與地中海及撤退西班牙志願兵、法蘭西東非洲屬地問題，雙方未獲有結果。又，美駐英大使返國，稱歐戰有今春暴發之勢。

廿六日　陰

下午赴中央銀行。學英語。晚何某招飲，不得已赴之，席散歸。

廿七日　陰雨

早偕林君、炳南、慕賢赴歌樂山閒遊，距重慶約四、五十里。下汽車後換乘花（或作滑）杆行半里許，滿山松柏，寒雲如織。在磴子　穿雲而行，上有石門，題曰「全生門」，過此則廟宇在焉。正殿題曰「大雄寶殿」。余等在西廂（本作箱）進餐，野蔬山米，亦特具風味。略事盤旋，即下山而歸，途中過老鷹崖（距重慶三十里左右），下車小遊，四時抵家。

廿八日　陰

下午赴鼎師處學韻學，又赴稽核處學英語。晚赴彥東叔處小酌，九時歸。

廿九日　晴

晚赴庸之叔祖處，為人說項。此等事本不欲為，迺人情不可辭，強應行之。二更歸。

十二月初一日　陰

早九時，偕林君、維鄂及三嫂等，赴化龍橋龔農瞻處，因近日飛機常來，故赴城外山中避之。五時歸。

二日　陰，下午微雨

早偕林君及鄂女又赴龔某山居，四時歸。去歲今日離家，回首已一年矣，歲月匆匆，速如過隙之駒，人事茫茫，正若喪家之狗，生女及歲，隨日月而年增，舊學益荒，與流水而俱[43]逝，憶昔覽今，能無慨歎？成職在奉祀，而今辭林廟于千里之外，罪孰大焉！嗣後惟有一志向

㊶「云」字原作「曰」字，據《越縵堂日記》改。
㊷「絑」字原作「朱」字，據《越縵堂日記》改。

學，稍有所得，或可補救于萬一耳，上慰　先靈，且不負師友之期望也。

三日　陰

早起讀《毛詩注疏》，字小行密，苦其難讀，中途廢置者三，而終未能讀竟。魏譜一疏，深恨讀書之無恒，而歎善本之難購也。閱《越縵㊹堂息荼庵日記》（己巳八月）〈先聖生卒考〉云：「先師生日，《公羊》作襄公二十一年十月庚子，一本作十一月庚子（據陸氏《經典釋文》），今註疏本皆作十一月庚子。蓋徐彥所據本，即陸氏云「別一本也」。近儒孔廣森《公羊通義㊺》本，已據《釋文》考正作十月）《穀梁》作廿年十月庚子，《史記》作二十二年而無月日。漢儒註《左傳》者，若賈景伯、服子慎，皆主㊻廿一年。司馬貞《史記索隱》以為《史記》作二十二年者，緣周正十一月屬明年，故誤遲一歲。然則先師生襄公二十一年十月無疑矣，是月庚辰朔，日有食之，三傳之經皆同，然則庚子為廿一日，又無疑矣，而近儒錢竹汀以三統曆推之，謂庚子當在二十二日。錢氏推算雖精，然三傳稱朔，不應有誤。或以為《春秋》日官之先，則非予所敢知也。至先師之卒，《左氏》大書於襄公十六年夏四月己丑，而杜註言，是年四月十八日為乙丑，己丑是五月十二日，月日必有誤。元凱精於麻（即曆）學，此以長麻推而知之者，然以隸書言之，乙己固形近易譌，而《左氏傳》於兩漢皆稱古文，古文乙作⺄，己作己，絕不相溷。故己可譌為三，不能譌為⺄。《左氏》特以存孔子卒日，續兩年之經，若何鄭重，而容致誤？賈景伯深通麻緯，而襄公卅一年《左傳正義》引賈說，亦作四月己丑，或杜氏所推亦不能無誤耶。嗚呼，三傳皆尊聖人而傳其經者也，或稱弟子，或為門人，乃二傳則記其生而不紀其卒，《左傳》則記其卒而不記其生。且又年月乖違，日干疑誤，此好古之士所深慨也。」李君此說，較他說尤確，或可從矣。

四日　陰

早十時赴化龍橋，四時歸。赴中央銀行，其副理刁培然任重慶市財政局長，往賀之。李稽核並招飲致賀意，席散，二更後歸。閱《綱鑑》綱目，書歷代帝王行鄉飲酒禮者，玄宗一而已矣。又，唐以長安為西京，以洛陽為東京，後改東都，武則天改神都，尋復舊稱。開元九年改蒲州（山西平陽府蒲州）為河中府，為中都，是年六月罷之。十一年以并州為太原府，置北都，天寶元年二月改東北都，皆為都。又，唐制諸衛府兵，自成丁從軍，六十而免，其家不免雜傜，寖以貧弱逃亡略盡，百姓苦之，張說建議請召募壯士充宿衛，不問色役優為之制，逋亡者必爭出應募，旬日得精兵十三萬，分隸諸衛，交番上下，兵農之分，自此始矣。及天寶八載，夏五月，停折衝府上下魚書，府兵則盡廢矣。嗚呼，中國後世總不及前世之太平者，兵農之分，為害大矣。井田之法不行，惟太宗府兵之制最善，然久而不行，張說始作此法，兵農遂分，而三代之制，不得見於今矣，慎始敬終，以太宗英明無雙，慮事卓絕，久亦有弊，後之不及太宗者，可不慎諸？又開元十一年置麗正書院，書院之名自此始。

五日　陰

上午十時赴鼎丞師家並留飯，二時半歸。赴稽核處學英語，六時歸。讀《綱鑑》，唐開元十七年秋八月六日，帝生日，以是日為千秋節，故後世帝王以生日為節者，自此始矣。

六日　晴

早赴化龍橋，四時歸。學英文。晚約刁培然小飲冠生園，遇宜昌縣令李白華君，余過夷陵

㊸「俱」字原作「具」。
㊹「縵」字原作「漫」。
㊺「義」字原作「議」字，據《越縵堂日記》改。
㊻「主」字原作「註」字，據《越縵堂日記》改。

時，此君招待殷勤，深可感激。九時而歸。

七日　陰

早赴化龍橋，山中散步，別有風致。對山梅花數畝，艶如胭脂，洵盛觀也。四時返，學英語。

八日　日景薄雲，晚風起，頗涼

早赴化龍橋，四時歸。因事往訪青選。晚曹某招飲，因不識，辭之。偕林君赴梁園吃燒鴨，二更歸，吃臘八粥。

九日　陰

赴化龍橋。晚，彥東叔招飲，九時歸。

十日　陰

早赴化龍橋，旋返。今日鄂女生日，吃麵。下午彥東叔等來，並饋酒席一席。曾以文先生（舊識）贈衣料一匣。晚彥東叔等在此吃飯。

十一日　早霧，下午晴

早赴化龍橋。下午返學英語。比日勞於長途往返，讀書甚少，今晚始略讀《綱鑑》數葉。昨接莊夫子心如、王夫子玉華、少雲宗長、韻琅曲阜書，今日覆雲光大叔信，因其支掌府務（自余離曲後，府中事務均托雲叔總理）備亟辛勞，而家景困難，故去函請其由府中用款，千萬不可外氣也。

十二日　陰

早赴化龍橋。（新聞）五中全會昨日閉幕，其最要決議，即在國府下特別設一國防最高委員會，委座任委員長，所有各院部黨政軍各機關皆屬于此戰時特別機構也。

十三日　陰

早赴化龍橋。歸學英語。晚隨三嫂偕林君赴唯一看馬守義武術，九時回寓。（接大姐北平書、二姐天津書）。

十四日　晴

早赴化龍橋。下午歸。晚，余邀李白華先生在國際聯歡社小酌，十時歸。書桌上置水仙一盆，頗有書齋清供之意。

十五日　陰

早起讀《毛詩注疏》。

十六日　晴，夜月甚佳

早赴化龍橋。下午歸讀《綱鑑》。玄宗開元為明主，天寶為昏君，兆禍之初，即納壽王（玄宗子，名瑁）妃楊氏（蜀州司戶玄琰之女）而信用安祿山。父納子妻，綱常已亂，不得為人，何得為君。祿山本營州（直隸永平府昌黎縣）雜胡，初名阿犖山，母再適安氏，冒其姓，後其部落破散，遂與安氏子順逃來，狡黠善揣人意，張守珪愛之，養以為子。春秋夷夏之防，所以重種族而固國本也，玄宗內亂綱紀，外信胡虜，己身不立，國本亦搖，安得不亂？焉得不亡哉！又，天寶三載，改年為載，亦三代後所僅見者也。

十七日　晴，夜月甚佳
早赴化龍橋。下午歸讀《綱鑑》。得曲阜雲光大叔函。抄《白虎通》，閱《歷代疆域記》（近代童世亨箸並圖）。

十八日　陰，天色黃
林君及鄂女皆感風寒，身熱，余心中不快。晚閱《越縵日記》數葉。赴中央銀行。接大姐北平信，即復。

十九日　雨，夜風起
下午赴中央銀行。赴鼎丞師處學韻學。晚，余邀甘先生（中央銀行職員）在聯歡社進餐，謝其修理汽車也。

廿日　雨
早讀《毛詩注疏》。下午高春如來。連日腹痛，讀書甚少。晚偕林君赴禮泰小酌，菜蔬惡甚。

廿一日　陰
下午赴中央銀行提款乙仟五佰伍十五元（每月經費乙仟伍佰元，今因過年故多提伍十元），並存十一月、十二月、一月俸給費每月七百二十元（本八百元，九折），三月共二仟六十元。晚歸讀《綱鑑》。

廿二日　陰

終日讀雜書，無條理，因腹痛不快也。（新聞）羅馬教皇[47]庇約第十一世逝世。此人雖為夷人，而於吾國文化甚為欽敬，前年曾贈其照片，於余題詞，甚為客氣，禮失而求于野，其言信與。

廿三日　陰雨

早聞性安卒。此人對人事甚為熱心，亦行輩中尊而有德者也，晚窮抱病，狀甚堪歎，家有八口，全賴一人，而今而後，家人生活不易支持。飯後即赴雯欣處，不遇，又赴雲生處，商議其身後事也。晚孟穀生邀赴一園看戲，二鼓歸寓，夜祀竈。（新聞）海南島日本登陸。

廿四日　微陰

終日讀《綱鑑》。晚偕林君赴一園，看山東省立劇院戲。其學生有趙榮琛者唱做皆佳（演奇雙會）。夜二鼓後歸。（新聞）參政會今日開會。

廿五日　晴

晚，鼎丞師招飲永年春，二鼓歸。

廿六日　陰，小雨

午後過江，至彈子石弔孔性安之喪。四時半返。讀《越縵日記》。致電羅馬，弔其教皇之喪。

〔孔德成印〕〔達生〕

[47]「皇」字原作「馬」。

日記本

聽蕉山館日記　第二冊

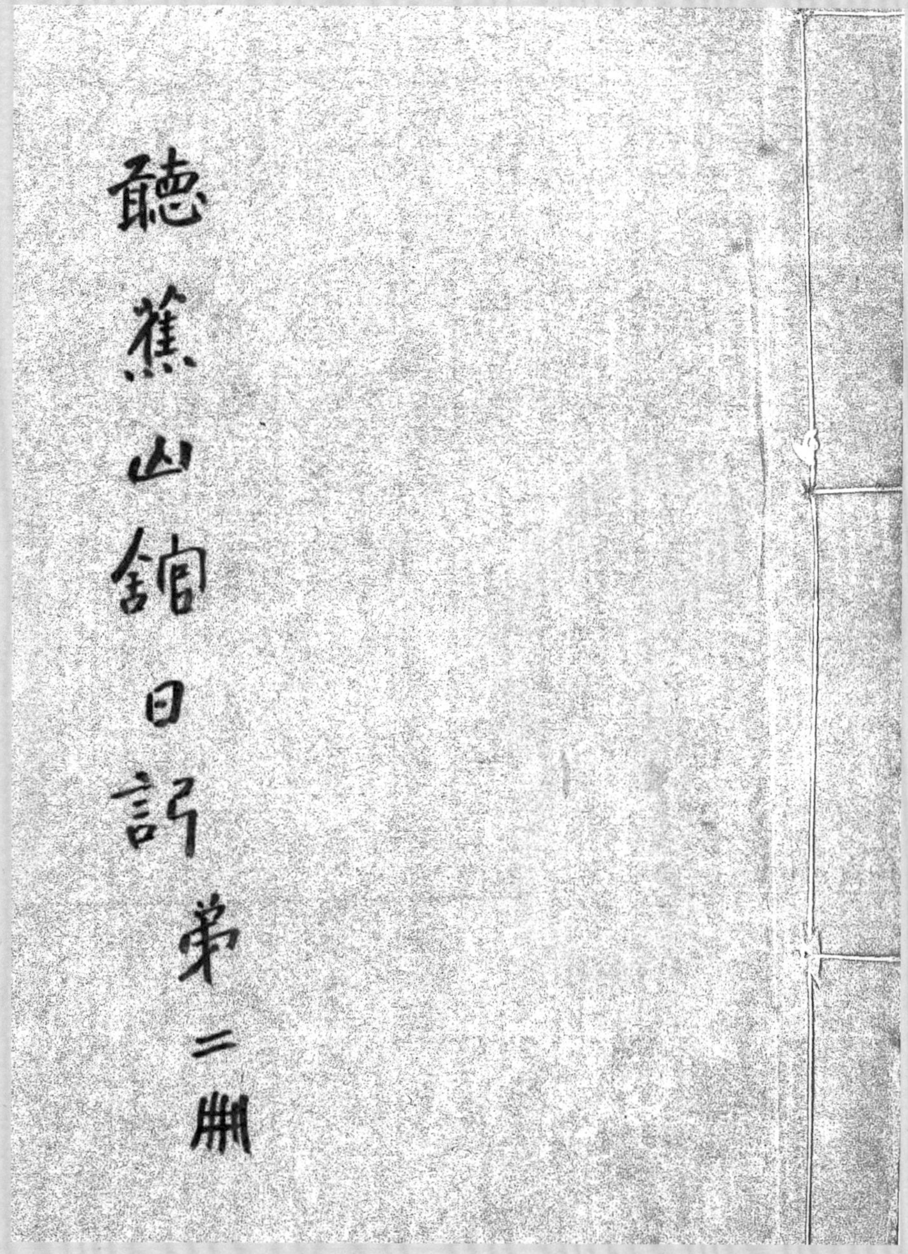

聽蕉山館日記

歲次戊寅臘月廿七日 霽

早閱綱鑑 下午出街買物 歸閱越縵日記

廿八日 霽 早雨

早讀杜詩註 飯後進城至中央銀行提款乙百元 以五十元寄尤季忱 因其來信求助 多年老友不得不與 以五十元為過年之費 今年過年從用總在二百元左右 晚讀綱鑑 小飲而睡

廿九日 霽 晚雨

預備過年諸事 下午赴羅一吾景邀

三十日 雨

歲次戊寅臘月廿七日　陰

早閱《綱鑑》。下午出街買物，歸閱《越縵日記》。

廿八日　陰，早雨

早讀《毛詩注疏》。飯後進城至中央銀行提款乙百元，以五十元寄尤季忱（因其來信求助），多年老友不得不爾。以五十元為過年之費（今年過年總用款在二百元左右）。晚讀《綱鑑》，小飲而睡。

廿九日　陰，晚雨

預備過年諸事。下午赴唯一看景戲。

三十日　雨

在家佈置過年諸事，夜祀竈敬　先。圍爐小坐飲茗，聽人家放爆竹聲，不盡天涯流落之感。

歲次己卯正月一日　早大雨

早十一時敬天地、敬　先。吃餃子，二時始睡。十時起床，敬　先。偕林君，率維鄂赴街小遊一周，向瀞庵叔、呂老師拜年，又赴于範事姻長處、高春如處、雲生宗長處賀年。晚孟穀生邀往章華看戲，十一時歸。

二日　陰

早起敬　先。圍爐讀書。于範亭姻長來，王寔甫來，其餘來賀年者尚多，皆為俗客，不錄。晚應軍長范某之約，赴又新看川戲，十一時歸。

三日　陰

早余邀第三集團軍、十二軍參謀長賀粹之（三集團總司令為孫桐萱，河北交河人，字蔭亭，與余為執友），及其駐渝辦事處長陳宇書、春如、青選、李稽核、刁培然、潘益民，在聯歡社小酌而歸。晚彥東叔邀余在聯歡社小飲，二鼓後歸。

四日　微晴

今日予生日，在先人位前供饌。年已弱冠，學無所成，顧影自慚，愧何可言！午後，彥東叔等來賀，葛酉泉等亦來賀。生日賀壽非禮，顧亭林明言之矣。後世此風一開，盛[1]行不止。仕紳[2]達官借此日宴客開賀，不念父母劬勞之恩，反以為榮，人情之薄，日以趨下。成未生而孤，生十七日而　先生母王太夫人見背　，先母陶太夫人茹辛餌苦教養十年，而　陶太夫人棄養，天下苦人，何有甚於成者？今者成日有餘資，既不得以養，又不得以祭，天下罪人，何有甚於成者？有斯二者，成又何敢以父母劬勞之日，而自饗其樂乎？應素服謝客，聊以贖罪于萬一。但居今之世，行古之道，人猶以為非禮，且亦以為嗇吝。勉而行之，然中心終忮忮焉。嗚呼，禮之不行於世也久矣！　先人有靈，當罪我於九泉也。晚九時客去。

五日　陰

早李青選及夫人來。飯後余偕林君回拜，又赴市商會參觀新生活運動會物品展覽。下午歸，讀歷史。

[1]「盛」字原作「勝」。
[2]「仕紳」字原作「世紳」。

六日　陰

終日讀書。

七日　早晴，陰

晨起赴化龍橋。下午四時歸，讀《綱鑑》。

八日　陰，微晴

下午赴鼎丞師處閒談，並借得貸園叢書中《九經古義》而歸。貸園者，山東青州李南澗園名也。其《初集》共十二種，為其宦恩平，潮陽時所刻。南澗没後，歷城周永年取其版印而行之，並序其端，時乾隆五十四年也。晚余邀寔甫、毅生在聯歡社小酌，二更後歸。

九日　半陰

早讀《毛詩注疏》。下午讀《易》，以《九經古義》校之。晚青選約飲其家，並為方城之戲。三鼓後歸，終夜少寐。

十日　陰，下午晴

比日天氣甚暖，春風毆寒，杏花漸謝，桃花已放。散步庭中，風光宜人。日來讀書已漸有次敘：早讀《毛詩注疏》，下午讀《易》，以《九經古義》對閱。此外，看《綱鑑》，閱李蕙客日記，間亦看《戴氏遺書》。東原行文古傲、立論高確，真學術之功臣，清代之巨擘也。

十一日　陰

終日讀書，明窗淨几，此中自有樂趣。下午學英語。晚子壯（山東人，現任中委、銓敘部次長，人頗平實，絕無官僚習氣）招飲都城飯店。座有張某者，山東人，云係究漢學者，于範老甚稱之，云其最近於《論語》摘錄四五十條，皆係辯朱《註》之非。其於「由誨汝」一節解云：「子曰」句，「由」讀，「誨」讀，「汝知之乎」句。謂教由以誨也，非教以知也。範老以為其說精確，余意為妄人耳。此一節所謂知者，統詞也。既統詞，則知者亦疑已矣。聖人猶分生知、學知，又曰「我非生而知之」，即此可知聖人教人，無以知為易也。而張某者以為，聖人豈能教人以知乎？故改「誨」為讀。輕改經典，無知妄作。今之謂究漢學者，大率如此，而老輩多惑於其說。宜乎經學之不行於今也。今記數語以誌其人之妄，且以示後之學者，勿以為易而妄作，以不罪於明教也。

十二日　陰

終日讀書。晚學英語，赴國泰觀劇，十一時半歸。

十三日　陰

早讀《毛詩注疏》。下午赴中央銀行學英語，並赴嘉廬拜訪蕭仙閣（振瀛），小坐而歸。

十四日　陰

終日讀書。下午赴鼎師處學古韻。晚赴國泰看戲，十二時歸。

十五日　早微晴，旋陰

元宵雖至，客館無聊。終日讀書，此中自有佳意。抄《白虎通》。近日本讀《易》、讀

《詩》、閱《綱鑑》，奈因《白虎通》係借自鼎師者已數月矣。且此本係牟默人（庭，山東棲霞人）手校抱經堂本，已成孤本矣，故速抄畢還之。

十六日　早微晴，旋陰

終日抄書。晡時出門理髮，至商務印書館，欲購《清史稿》不得，即赴崔唯吾永年春之招。坐上皆俗輩，無一堪譚者，小坐而歸。（余出時，範老始至）。

十七日　陰雨

終日抄書。晚蕭仙閣在家中招飲，肴饌頗嘉。更餘歸。

十八日　陰

終日讀書。下午學英語、赴鼎師處學韻語。晚余邀王瓛九（山東人，山東教育廳秘書）在都城飯店小酌，八時歸。

十九日　陰

終日依窗看書。晚于範老招飲粉江飯店，李稽核又邀往新川看影戲，皆赴之，十時歸。

二十日　晴

終日讀書。下午赴中央銀行學英語。晚吳某邀往市商會聽音樂，十一時歸。

二十一日　陰雨

先妣王太夫人忌辰，供饌。終日讀書。下午赴戴季陶師處，不值而歸。

二十二日　陰，早雨

終日讀書。抄《白虎通》畢。晚接曲阜雲叔、春師、毓師、靈叔正月六日手諭、伯母正月六日手諭、三妹正月四日函並詩兩首。毓師以余在此經濟為念，不知余在景狀勝于家中也。余離曲時，將家中一切事務託雲叔（係昭字分支）照料。毓師管理會計。靈叔（亦係昭字輩分支）管理林廟。春師者，乃參議府務。兩師、二叔皆處困難而不辭勞苦，真可感也。他日還家，不知作何以報。三妹（現年十四歲）詩較前更有進步，可喜、可喜。

二十三日　陰

終日讀書。晚閱《綱鑑》。按，憲宗時有兩忠武，一為咸寧王渾瑊，謚忠武，一為西川節度使南康忠武王韋皐。又，順宗永元元年太子（憲宗）即位，始令史官選日曆。下午戴季陶、張溥泉先生等發起救國護法會。此佛家事，本不宜往。乃因戴、張兩位，故情不得卻，強赴之。溥泉謂：「孔子非宗教人，所以知為人之道，即孔教也，故中國數千年來無宗教之戰爭。」其言是也。

二十四日　陰

終日閱雜書。晚同三嫂、林君赴聯歡社小飲，並在中華書局買得《慈禧寫照記》，是光緒卅年卡爾女士所著。按，女士即進宮為慈禧寫照者也。所記多宮中瑣事，足補正史之闕。以外人而能寫中文無大不解處，亦難事耳。外又有《龜甲文字概論》，泰興陳夕康（晉）著。

二十五日　陰

聞鼎師有疾，下午往視之，已他出矣。赴稽核處學英文。晚李稽核邀赴冠生園小酌，肴饌粵式，味道亦佳，飲畢而歸。

二十六日　陰

（新聞）德國前曾占領捷克，但尚有「波西米亞」、「摩拉維亞」兩省，今日宣布又佔領波、摩兩省，則捷克從此又為德之保護國矣。（按，歐戰前，德占捷曾有千餘年之歷史；歐戰終了，捷克遂於一九一八年十一月二十八日宣布獨立。自今一九三九年三月十五日又被德人正式吞併，捷克獨立之壽命僅廿年零四個半月）

閱《越縵堂日記》，並與三嫂、林君作牙牌之戲。晚三嫂邀赴章華看戲，十一時歸。（接雲叔曲阜函、大姐北平函）

二十七日　陰，早微雨

讀《毛詩注疏》。因身不快，遂與三嫂、林君戲雉盧半日。

二十八日　陰，晚大雨

上午林君邀舅父劉某、女士趙某赴聯歡社小飲，三時歸。讀《毛詩注疏》。致函靈叔、五叔，因前者雲光曾去其管林職務，二叔舊有意見，皆水火不能相容。但雲叔處於總管地位，此舉殆亦有所不得已者。然靈叔叔辦事認[3]真，實事求是，亦族中不可多得之人，故今致函慰之。函云「□□大鑒：頃奉未謝，敬悉一切。吾叔凡事為我，銘感曷極。今日之苦衷中，改日當圖厚報也。」云云。

二十九日　陰

讀《毛詩注疏》、《越縵日記》。晚李某來，與三嫂、林君共雉盧戲。（新聞）自德希特拉正式吞併捷後，匈軍亦正式開入小烏克蘭省。德並任命捷哈柴總統為捷保護國總統，同時捷前總統貝尼斯在美設立捷克臨時政府。貝氏宣稱：「德人此次侵佔捷克，寔為罪行，故余誓為捷國之獨立奮鬥到底。」又「法國考古家蒙特教授頃在塔尼古城內，發現埃及第二十二皇朝之蒲塞納斯皇古墓，墓內一切完整無缺。此次之發現，可謂考古界驚人之舉動，其重要性僅次於第十八皇朝都頓哈門皇古墓之發現云。」

三十日　陰雨

讀書。下午學英語。

二月初一日　春分，上午微晴，旋陰

讀《毛詩・蟋蟀》一篇。下午赴街理髮，又買書數本而歸，皆價甚廉者。

初二日　晴

下午赴飛機場接孔院長長公子令侃。

初三日　晴

（新聞）德軍又開入立匐宛米美爾省，並由立外長河爾貝茲與德外長賓特羅浦簽訂條約。其要點有四：（一）立匐宛將米美爾區交還德國。（二）立匐宛軍隊警察立即撤退。（三）闢

③「認」字原作「任」。

海區為自由港，供立匋宛利用。（四）雙方相約避不使用武力，並不許第三國以暴力加諸簽約國之一。

上午赴化龍橋。下午歸，抄《越縵日記》二葉。是日領得二月俸給七百二十元。

初四日　陰，傍晚風起

讀《毛詩》。晚范軍長邀飲冠生園，赴之，肴饌甚佳。

初五日　陰

抄書。下午赴鼎師處學古韻〈式微〉三篇，同鼎師赴劉允臣（名守中，陝西人，中央委員）處小談而出。晚偕林君赴梁園吃燒鴨，甚美。

初六日　微晴

讀《毛詩》。下午偕林君入城買物。晚赴章華看戲，十一時歸。

初七日　上午陰，下午晴

讀《綱鑑》、《越縵日記》、《毛詩》。下午出訪雲生，賀其新居也。晚仍讀書。

初八日　晴

身倦少讀書。下午進城買物。晚忽有警報，偕林君率鄂女往一號防空洞（係中央銀行所修）暫避。聞係演習防空者。

初九日　晴，夜月甚佳甚□

（新聞）西班牙戰事結束。昨日我軍退出南昌。

早赴化龍橋避飛機。十一時果有敵機來侵，因我機多迎戰，未敢入市空，旋即解除警報。下山後，送德埴（瀞庵二叔前大弟）弟赴沙坪壩回南開中學上課，旋歸。因昨晚睡遲，今早七時即起，送瀞庵二叔赴成都（係代表鼎丞師赴綿陽等處慰問山東中學學生），故回家後即睡。起時宿鳥歸林，炊煙④四起矣。

初十日　晴

早赴化龍橋。下午看戲，閱陳恭甫《說文經字考》。

十一日　晴，熱可單衣

下午赴鼎師處，因午睡未起，即辭出。赴稽核處學英文。閱《說文經字考》。晚赴冠生園吃飯。

十二日　熱甚，似初夏，下午忽雨，微涼

下午王寔甫來，同至鼎師處學韻語。又至雲生處，同雲生至雯欣處。又同至彥東處，飯後而歸。

十三日　陰，下午大雨

讀《毛詩疏》。晚趙心德邀飲，坐皆俗⑤客，小坐而出。偕林君赴冠生園，小飲而歸。

④「煙」字原作「炊」。
⑤「俗」字原作「欲」。

十四日　陰

趙心德太太邀林君飲禮泰飯莊。余赴黛吉小飲，下午學英語。今日為陽曆四月三日，六日為馬相伯百齡壽辰。（按，馬係回回，教人以十月記歲，以夏曆推之，不過八十餘矣。今任國府委員。）余贈以聯云：「合曜斟元，國家祥瑞　曼齡駢福，陸地神僊。」聯語係今師所譔。抄《九經古義》。

十五日　陰

終日讀書，下午學英語。

十六日　晴

讀《毛詩》。下午赴銀行公會慶祝馬相伯壽典，蔣委員長、林主席均參加，禮堂佈置甚為華麗。五時半歸。

（新聞）（上海特訊）曾仲鳴在河內被刺斃命後，汪精衛曾自撰一文，於上月卅一日晚寄送香港各報，惟各報以其措辭荒謬，均拒絕刊載。汪在該文中，一再為其主和作辯護，以為中央心裏想和而口裏不敢言和，彼則心口如一，乃為國家民族作想。但事實勝於雄辯，汪果曾有一絲一毫之心為國家民族作想歟？抑完全為滿足個人之私慾，想在近衛宣言所謂「建立東亞新秩序」之下，作小朝廷之大傀儡。吾人但觀汪離渝前後之所行所為，及其所發表之言論，更足以證之。茲經記者多方探悉，汪曾親自起草所謂汪與平治協定條件，命高宗武攜往東京接洽。據敵方翻譯夏某所確知者，其內容要點有五：㈠為易於實現汪與近衛之共同和平目的計，日本應速趁中央整軍未就緒前猛力進攻，完成下列作戰任務：（甲）華北方面，應攻佔西安，以包圍四川，並截斷中俄之交通。（乙）華南方面，應速攻佔南寧，以慴伏廣西之抗日勢力，並截斷安南、廣西之交通。（丙）華中方面，應速攻佔南昌、長沙，截斷贛湘路，進佔襄樊、宜昌，以控制湖南、四川之咽喉。㊁在日軍達成上項任務後，汪自任策動倒蔣反共戰爭，有發動二十師以上兵力之把握。㊂汪負責組成反共救國同盟會，並自任同盟會總裁，指揮一切，肅清共產黨及抗日分子。㊃關於恢復中日和平友好關係，在共同反共之原則下，應根據近衛及汪聲明通電之根本精神，參酌各反共政權之意見，互讓協議之。㊄為達成二、三兩項之任務，日本應每月給汪活動費三百萬元。高宗武攜此項條件，於二月二十日至東京，與平治屢次接洽，提出具體協議事項如下：

㊀日本軍隊進至南寧、南昌、長沙、宜昌、沙市、襄樊、西安時，汪將再發聲明，一變從前勸蔣議和之舉，而自動出來收拾殘局，但日本軍事行動，至遲於五六月間將做到進至上述所列之地點，則中國局勢，必有大變動，又為期顛覆國民政府計，由襄樊出漢中之線，及由南昌、常德經貴陽入川之線，此一線須置重兵，以實行中央突破等。並聞敵已先後兩次付款各二百萬元，而敵軍部支持汪系人物，為影左大佐，將來滬負責主持，廣州特務改由中野大佐接充，汪且主張，如敵軍不能如期攻略以上各地時，則只要敵軍再向閩粵進兵，佔領福州、韶州，彼可組織西南政府，並力促敵軍軍事行動之擴大，則彼更可操縱一切，誘離中國抗敵陣線，作政略之分化。

㊁汪出任傀儡之先決條件：（一）南北兩偽組織之取消。（二）於南京組織新國民政府。（三）先成立反共救國同盟會。（四）活動費每月三百萬元。（五）另組反共救國軍十二師。（六）軍費借款二萬萬元。（七）汪與日方根據近衛之聲明，重新成立新協定。（八）國際間連絡德、意，拉攏英、美為原則。（九）加入防共協定。

觀此即知汪之主和，實為投降敵人，竟不知感戴中央處置寬大，一味祇求滿足其私慾，不惜喪心病狂，倒行逆施，亦可傷已。

汪雙照兆銘新詞　吳胐盦敬恆學步並加評

〈憶舊遊（落葉）〉

嘆護林心事　付與東流　一往淒清　猶作留連意　奈驚　不管　催化青萍
已分去潮俱渺　回汐又重經　有出水根寒　拏空枝老　同訴飄零

評曰：但使不付「東流」，則阿比西尼亞能責火柴，一息尚存，何必楚囚相對，漂零同訴。

天心正搖落　算菊芳蘭秀　不是春榮　摵摵蕭蕭裡　要滄桑變了　秋始無聲
伴得落紅東去　流水有餘馨　只極目煙蕪　寒蛩夜月愁秣陵⑥

評曰：「天心正搖落，算菊芳蘭秀，不是春榮」恰似借吻付賊，使言「天予不取」，有辭於國際之間，但作者曾戴少年之頭，欲引刀成快，以回天心矣，不可健忘也。

評曰：「只極目煙蕪，寒蛩夜月，愁秣陵」此是違卻邏輯，美其詞令，危言以聳聽，作者一生，術擅催眠，惑人自惑，故人方以其為姬文周旦，索鳳皇於九天，乃常喜自依藩籬，竟甘心與蜀衍吳煜，把臂詞林，真可痛惜，不然，與作者同稱一代詞人，亦能傳其鈐山堂之集，所謂梁逆眾異也者，猶能電相慰曰：吾主正建「新秩序」。但使落葉落紅，相付「東去」，秣陵金粉將勝六朝。寒蛩方飲露芳草，寧肯在夜月中尋覓不可多得之煙蕪耶！

吳步

落葉春華日　早綴枝頭　吸露高清　恨少貞堅質　受嚴霜小逼　墮作漂萍
當記背寒追暖　反覆太紛經　忍喬木豐林　根殘枝禿　催向凋零
天心好荊棘⑦　**拼菊摧蘭折　滅絕猶榮　暴雨飄風後　看豺狼末日　終息啼聲**
知否八公山上　草木亦寧馨　待掃葉入園　斬荊投海下金陵

十七日　晴

下午學英語。

十八日　晴

讀《毛詩》。下午赴鼎師處學韻語，讀〈柏舟〉三篇。見王獻唐與鼎師信，解《易》「終朝三褫之」之「褫」，與惠氏《九經古義》皆同，所異者，為略解韻法耳。與惠同者，絕不表出惠氏，攘為己有，或彼未知惠氏有此說耶？則自命為學者，《九經古義》一書猶未寓目，則其陋可知矣。若明知而故出此，以為讀書無人，誰能曉之？此無他非，欺人自欺而已矣。又解「孔」字云，謂从子从弓形，小兒彎弓之義也。愚案：孔姓本出殷後，故从子。何為从乙？所別於子姓，殷皆以甲乙記也。若謂乙鐘鼎作弓形（彼謂鐘鼎文「孔」字有作[illegible]字者），然甲乙之乙，金文亦作乚，則亦可謂之弓形乎？將何以解之？望文生義，真小兒妄解事也。王氏之謬妄，凡學者皆知之，本不足辯，因其論集孔姓，故聯前《易》解，皆附記之。

十九日　晴，下午陰

（新聞）義大利侵阿爾巴尼亞，阿人誓死抗戰到底。阿國襄傑尼鎮已有激烈戰事，河水為赤。今師以清明詩見示。詩云：「**半霧半晴徼外天，踏青遠步蜀江煙。巴人也有寒食祭，幾樹桐花掛紙錢。**」其二云：「**塗山兩度過清明，羈旅年年已忘情。酒醒蕉窗天未曉，子規聲接鷓鴣聲。**」余踵步原韻兩首，別存稿。

二十日　微晴

（新聞）義阿戰事益激烈。汪兆銘於前日大公報所發表其賣國種種計劃，有所辯論，重申其主和主張。

⑥此〈憶舊遊〉，「天心正搖落」起為下片。
⑦此〈憶舊遊〉，「天心好荊棘」起為下片。

今日又和今師日前〈閱報有感並喜毓華為瀞庵以藏秋後歸里〉詩原韻，別存稿。讀《綱鑑》，抄《周易古義》。

原詩云：「**昨晨喜鵲噪簷間，峽裏流人一解顏。休為思家添懊惱，頓於醒酒悔癡頑。渝江舟楫魚千里，巴國版圖豹一斑**（曾閱《巴縣志》及《蜀中名勝記》等書），**預計菊花好天氣，歸途回首話烏蠻。**」

二十一日　陰，早二時大雨，旋止，始聞雷聲

（新聞）義大利已將阿耳巴尼亞京城及全部佔領，阿王左革出走希臘。

終日閱《毛詩注疏》。下午四時學英語，進城理髮，赴冠生園小酌。晚孟毅生邀往山東省立劇院看戲。趙榮琛演《春秋配》，飾姜秋蓮，唱作甚佳。十一時歸。

廿二日　早雨有雷

今日為先母　孫、陶太夫人忌辰，供饌。終日讀《綱鑑》。晚接伯母、三妹四月一日書（今日為陽曆四月十一日），家書之快，以此次為第一。接雲叔函，云耀卿叔（雲光叔弟）亦入府辦事，即作復可之，並告以彥東叔前日家中用款由曲所借之五百元，今日已由彥東叔由重慶照還矣。晚和三妹去冬見寄詩二首。

廿三日　晴

讀《毛詩》，飯後閱歷史。詣鼎師，不值，即赴中央銀行學英語。晚蘇若君女士及其夫在燕市招飲，偕林君赴之，九時歸。閱《說文經字考》。晚十一時余寓（兩路口新村六號）北木樓失火，延燒一小時左右。聞皆係難民所居，強栖一枝，于今又飄流無所矣，可歎、可歎。

二十四日　陰

讀《毛詩》。晚李稽核邀赴冠生園小飲，偕林君赴之。飯後又赴國泰觀劇，係新劇，名《一年一日》，演上海某空軍抗日事也，甚精彩。十時半歸。

二十五日　上午陰，下午晴，夜雨滴瀝有聲

讀《毛詩疏》，寫對聯四付。下午赴稽核處學英語。飯後抄《九經古義》（《周易古義》）。夜深時腹餓，小食，擁衾閱《綱鑑・五代紀》數葉而睡。連日天暖，春雨數降，院中崖上（重慶房屋院落多就山坡為之），刺梅盛開，鮮豔可愛，摘數朵置瓶中，以供清玩。

二十六日　陰雨

詣鼎師學古韻，讀〈桑中〉三篇。「匪直也人」（〈定之方中〉），毛傳：「非徒庸君。」鼎師謂「庸」即「鄘」也，是時雖鄘並於衛，國人稱其君猶曰鄘君。鄘君者，衛君也，即文公也。愚以為，此解甚通。

二十七日　陰，早雨

下午進城理髮。昨日向鼎師索椐樻杖一枝，以奉春師。案：《說文》椐、樻互訓。《爾雅》註云「椐」、「樻」可作杖，即《漢書・孔光傳》「靈壽杖」也。陸疏及小顏皆云，似竹腫節可為杖。今觀此實不似竹，而戴慶預《竹譜》所謂「磥砢不凡」者，庶乎近之。今師繫以銘云：「何必桃竹之非仙矜奇（工部有桃竹杖），何必赤藤之出滇池（昌黎有赤藤杖），蟠曲深山幾千載，婆娑相趁海鶴姿。不妨策之涉四瀆、遊五嶽，險歷如夷，羌母臨澮水而投葛陂。」

二十八日　陰，夜雨有聲
終日讀《毛詩疏》。下午往訪嚴賓杜（鶴生内兄），因其前日曾因事繫獄，昨日始出。前者為此事曾托余說項于某權要，余婉辭之，非不欲救人于水火，但余作客他鄉，聞其事與軍事有關，碍難允其請矣。又詣雲生處，不值而歸。晚偕林君赴聯歡社宴陶某，九時歸。

二十九日　陰，夜雨
身倦少讀書，下午學英語。

三十日　陰，早夜雨
讀《綱鑑》。晚余邀陶某家屬在冠生園小酌。

三月一日　陰，早夜雨，下午晴
讀《毛詩疏》。下午讀《綱鑑》。晚讀《說文經字考》。比日濕氣大發，足癢甚。

二日　陰
終日讀《毛詩疏》及《綱鑑》。晚偕林君赴老北風小食堂小吃，價廉物美。又赴國泰看戲，十二時歸。

三日　陰雨
讀《毛詩疏》又讀《綱鑑》。呂師以近詩見示，踵步原韻，別存稿。

四日　陰，夜雨

黃女士平來（係山東省立醫院護士，於林君分娩時，曾帶其赴漢，人甚忠實），林君留住家中。下午赴護國法會開會。

五日　陰，夜微雨
作詩三首，均和今師者，別存稿。晚熊觀民丈來留宿，余以實甫前日所贈石棺及銅鏡拓片送之。是日領得三月份薪水七百二十元（今日為陽曆四月廿四日）。

六日　陰，下午晴
終日讀《毛詩》、讀《綱鑑》。

七日　晴
讀《毛詩》。午眠，起詣鼎師處學韻語。晚宋穀余夫婦邀飲聯歡社，偕林君赴之，十時歸。
讀《綱鑑》。

八日　陰，晚晴
讀《毛詩疏》。飯後赴中央銀行，托人匯北平洋參百元正，蓋二姐所要（本擬請大姐由其家中轉撥其家之三小姐，在此余將此款還之，奈其尊翁不許，此人素有錢癖，品行不端，無足怪也），現其居天津，不知其住址，祇好匯北平由大姐處轉也。學英語。

九日　晴，傍晚陰，夜雨
抄《九經古義》，閱《戴氏遺書》。今日為維鄂種牛痘一于左臂上。

十日　陰
終日閱《綱鑑》。下午赴市商會，出席兒童保育會年會。會畢歸，讀《周易》。
十一日　晴
終日不出戶，讀《周易》。
十二日　晴
讀《毛詩疏》，以東原《毛鄭詩考正》校之。
十三日　陰
終日讀《毛詩》。下午進城買物（買蘇羅蚊帳一懸，價二十三元）。
十四日　晴，夜八時半月食不盡如鉤
今日下午一時警報，城內大樑子、繡壁街等，共街十三條，投彈處六，被焚無數，至夜十一時許，猶在焚燒中。
十五日　晴
自此以上，入《佛巖山館日記》中。

日記本

佛巖山館日記 卷一

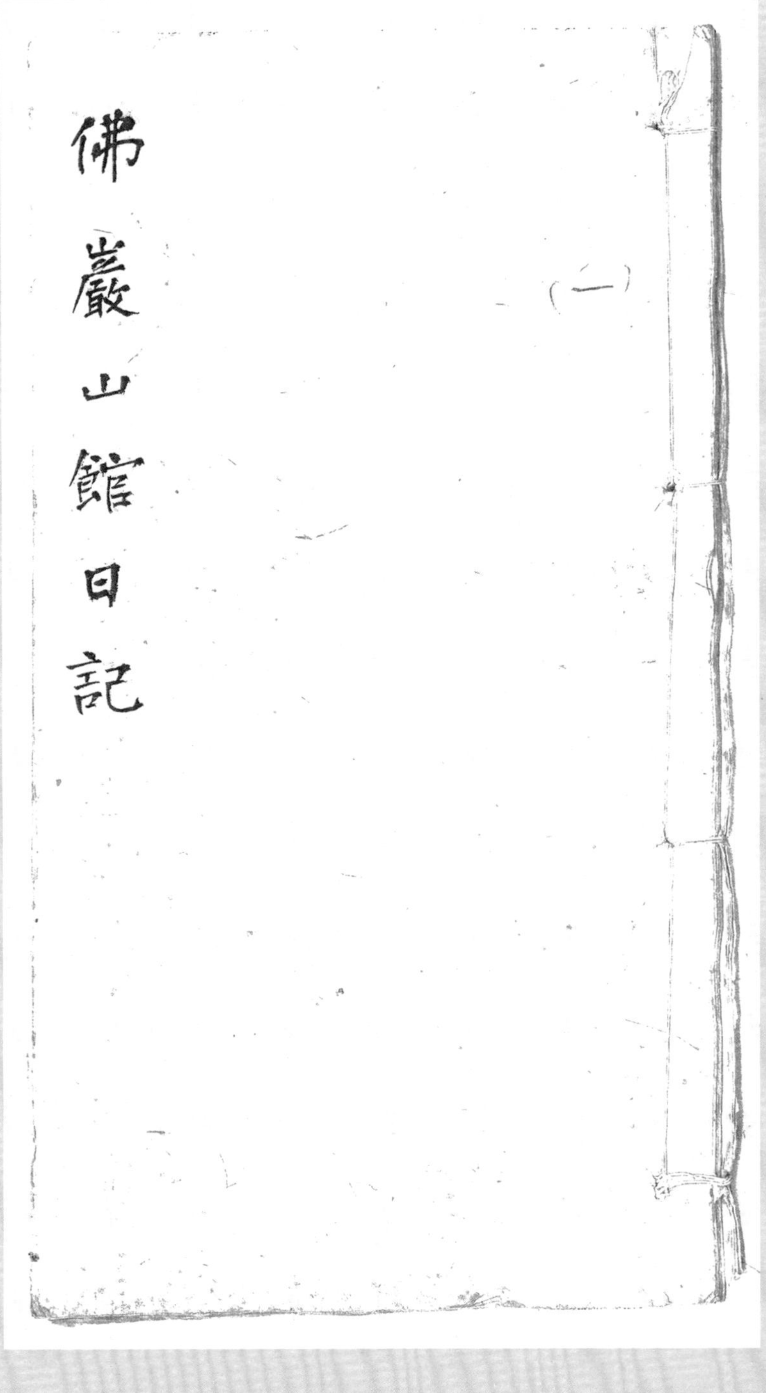

佛巖山館日記卷一

了餘

余既寄居重慶賃屋于兩路口新村六号系四川美豐銀行經理龔某之居窗外綠蕉三兩清風微雨亦頗宜人斯時余在重慶日記開始因取而名之曰聽蕉山館日記時[redacted]不滿三月連前記者蓋七月餘有[redacted]此七月中我軍退出漢口廣東省城番禺繼而退出漢遂[redacted]金甌神州遂而闕其大半矣[redacted]則余之斯記也又豈徒記

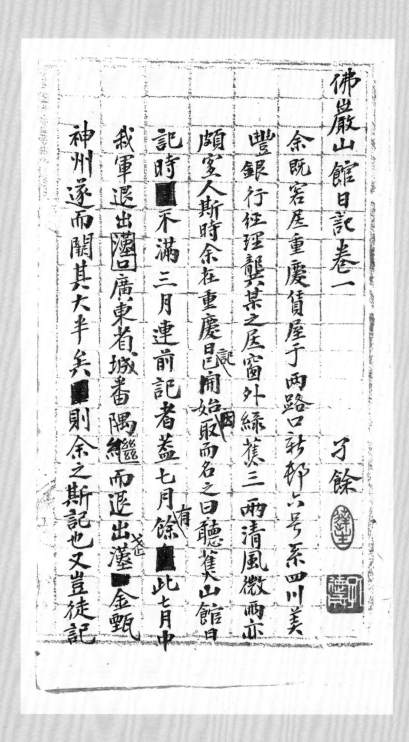

二十二日 晴

早讀毛詩疏飯後又究庄用(鄭與學)先所為曲阜祀勝一老

并題石目鈔九經古義晚飯後讀倪鐘

二十三日 晴

讀毛詩飯後身倦多臥鈔九經古義一則晚六時半

護生聲報七時許緊急聲報偕林君及鄭女入防空

洞中洞鑿于山[redacted]丈餘之峭壁下前為被轟炸性物八

余既客居重慶，賃屋于兩路口新邨六號，係四川美豐銀行經理龔某之居。窗外綠蕉三兩，清風微雨，亦頗宜人。斯時余在重慶，日記已開始，因取而名之曰「聽蕉山館日記」。時不滿三月，連前記者，蓋七月有餘。此七月中，我軍退出漢口、廣東省城番禺[1]，繼而退出武漢。金甌神州，遂而闕其大半矣。則余之斯記也，又豈徒記日月消磨之事而已哉！至三月十四日（即陽曆五月三日），敵機狂炸重慶市區，燃燒數十街（十五日炸燒更甚），余始擬下鄉居住。斯時鄉間房屋已有人滿之患，乃暫居於房主龔某化龍橋龐家岩山居，地居佛圖關下，因以「佛巖」名之，非有敢惑于異說也。

民國二十八年歲次己卯三月十五日　晴　陽曆五月四日

早起有客至，下午警報。又將城內都郵街一帶，炸燒甚重，火焰柱天，紅光逼人，深夜未熄。今夜乃決明早登山暫住。

十六日　上午晴，下午時雨時晴不定

四時有警報，未放緊急警報，約半時許即解除。

早七時偕林君、鄂女、三嫂及男女僕登山。住一室中，男女混雜，乃出于不得已者。

十七日　晴

山中早起，空氣清潔，綠竹叢樹，宿煙初散，黃鶯時啼，此間頗有自得之趣。然心中焦慮，欲讀書而屢不能終卷，負此良辰，奈何！

十八日　晴連夜月色甚佳

讀《毛詩疏》，仍以戴氏《攷正》校之。下午本欲下山，赴新邨住屋一看，至山腰，聞有警報，乃返。讀《綱鑑》。早夜一時有緊急警報。

十九日　晴

今日為林君生日，寄居人家，亦不能為其舉觴相慶，悵然。上午九鐘，蒙藏委員會吳委員長禮卿派科長吳魯書，陪余赴賴家橋永興鎮看地。因余將在此建屋也（地皆蒙藏會所購）。二時歸，飯後讀《毛詩》及《綱鑑》。呂師等亦遷居山上，賃得茅屋一楹，月計洋十元，暫避轟炸耳。

二十日　晴熱

早起讀《毛詩》，下午炳南來，遂決定在化龍橋龔某處起屋四楹，外賃四楹，皆租定矣。將全體遷來，則將賴家橋處辭之。晚坐院中納涼後，燈下抄書，孤燈如豆，蚊蟲擾人，家人皆以癡笑之，而不知先生樂處不在此，而在彼也。

二十一日　早微晴，下午風雨，晚止，頗涼，可袷衣

早起讀《毛詩疏》。偕林君下山，赴化龍橋間散步②，稍時即歸。讀《毛詩疏》，飯後抄《九經古義》。今日將上冊抄畢，晚燈下讀《綱鑑》。自移居山中，每晚九時即睡。早六時即起，遂將晏睡晏起習氣從此革去，可喜可喜。

①「隅」當作「禺」。
②「散」下原脫「步」。

二十二日　晴

早讀《毛詩疏》。飯後又閱屈翼鵬學兄所為《曲阜記勝》一卷，並題其目。抄《九經古義》，晚飯後讀《綱鑑》。

二十三日　晴

讀《毛詩》，飯後身倦，多臥。抄《九經古義》一則。晚六時半，發出警報，七時許，緊急警報。偕林君及鄂女入防空洞中，洞鑿于兩丈餘之峭壁下，當無被轟炸性也。八時解除警報，火焰又如日昨，但稍遠耳，聞係江北爾。金陵兵工廠全赴一炬矣。

二十四日　晴

早，德埴（瀞庵叔前之大弟）弟來，旋吳羊來稟。瀞叔于昨晚回渝，現在呂師處，即偕林君往候（瀞叔係代表山東同鄉慰問山東中學學生）。今日種種不快，少讀書。晚呂師來，坐談，門外雨急，遂飭人持傘送呂師歸。

二十五日　陰雨竟日

讀《毛詩疏》，午飯後瀞叔、玉昆叔來，瀞叔並宿呂師處。

二十六日　微晴

下午偕林君進城，返寓，稍事摒擋，旋即返山。翼鵬來山相訪，聞係來投考某訓練班。

初二日　晴，頗熱

早讀《毛詩》，晚閱《綱鑑》。

初三日　晴，頗熱

讀《毛詩》，晚燈下閱《綱鑑》，頗為蚊蟲所擾。

初四日　陰雨竟日

終日讀《毛詩》，晚閱《綱鑑》。今晚復曲阜家中莊心如、王毓華二師書。復詢五月三日重慶被炸事也，請家中放心。

初五日　陰雨竟日

讀《毛詩》，閱《綱鑑》，作書致大姐、二姐北平書，為二姐要款三百元，今已匯去，由大姐處轉寄也。又作書致李恭輔（青選弟），托其覓地皮事。

初六日　微晴

上午炳南、翼鵬來，飯後同往屋後山頂閒遊，皆平原萬頃也。

初七日　晴

讀《毛詩》及惠定宇《詩古義》，晚七時發出警報，即避入山洞中。及緊急警報，聞敵機轟轟至矣，投彈數拾枚而遁，至十時，始解除警報。打聽被炸地點，有云兩路口者，登高遠望，略見黑煙耳。

初八日　陰

早偕林君、炳南與李稽核同往老鷹崖遊覽，借看地皮，將在此建屋也。又赴青木關一遊。因地勢生疏，未能一看地勢。並進午餐，二時返。閱《毛詩》。（昨日所炸係銀行區，城內小十字街、陝西街一帶，美豐、川監、四川省、重慶、中央、川康各大銀行均被炸。）

初九日　晴

讀《毛詩》。

初十日　晴

早德埴弟來。翼鵬來。翼鵬，呂師、瀞叔弟子也，為人忠厚勤儉，而苦讀書。治學謹嚴，尤邃于《易》。原任山東圖書館主任，以是得徧閱諸圖書，遂又深究目錄、版本、校對之學。七七變後，隨圖書館西遷于嘉定。館長王獻堂[3]（日照人）者，雖少有學，然好非古人，立異說以為能，于是二人不相容，遂辭原職來渝，欲投某機關，暫居余家中。余從呂師、瀞叔之詢問及觀其人之行動勉，屬青年而甚老成（今年不過三十歲），所謂不苟言笑者，吾于斯人見之。余欲留之府中，惟薪金太少，恐其不肯就耳。乃托呂師、瀞叔詢其意見，不但無問題，而薪金只可十元，多則將去矣，力強之不可。瀞叔曰：此何數也！達生欲每月送汝四十元。余乃條炳南，每月送其三十金，如此或可受耳。始食杏。

十一日　晴

仲舒來。

十二日　晴
早日王局長孟範、李稽核、瀞庵叔及炳南又赴老鷹崖看地皮。赴孟範家進午餐，下午歸。
十三日　陰雨，傍晚北風起，頗涼
終日雨，不出戶，讀《毛詩疏》。瀞叔今日赴璧山縣，距重慶一百卅里。
十四日　陰雨，涼，須袷衣
讀《毛詩疏》，晚讀《綱鑑》。
十五日　陰雨
早呂師下山，返新邨寓，因其同縣老友于立五由滬來渝。呂師特下山往訪。讀《毛詩》及《綱鑑》。
十六日　陰雨
讀《毛詩》。呂師回山。讀《綱鑑》。
十七日　陰雨，下午微晴
讀《毛詩》及《綱鑑》。彥東叔來，云明日返江津。五三四後，其稅所全部遣江津。

③當作「王獻唐」。

十八日　陰，下午放晴

炳南、翼鵬來。翼鵬將余所有書編為書目。

十九日　晴

慕賢、炳南來。又在龔某起廚房一楹，日前修者二百四十元，不過旬日之間，增至三百元矣。

二十日　晴，下午風起，薄雲四升

翼鵬來，並贈余文安邢先生藍田（字仲采）所著《藏書百詠詩》一冊見贈，詩頗有書氣，惟少潤色耳。仲采與余有一面之交，其人好義勇為，富有燕趙慷慨之志。十一時，偕林君赴歌樂山，李先生士偉（婦科醫生）處看病，因其近來數患腹痛。醫云有身四月矣。

二十一日　微晴，早夜有雨

讀《毛詩》。下午與翼鵬閒話。

二十二日　微晴

讀《毛詩》。下午六時發出警報。半時許，見飛機翱翔空中，人爭相視，及聞投彈聲，乃避入洞中，炸聲甚烈。約十分鐘，敵機即遁去，又一刻鐘，機聲又札札矣，又投彈數枚，至八時始解除警報。接伯母曲阜信，作書復伯母。致莊、王二師。

二十三日　晴

早翼鵬來，始悉昨日被炸地址在西大街、小梁子，投有重量炸彈（約五百磅左右），一彈所炸面積約有十三尺見方。並在海棠溪（儲奇門外）與我空軍發生空戰，擊落敵機三架，我無

損失。（因城內人物一空，所炸者，馬路、空房耳）

廿四日　晴

今日起，讀《史記》，下午讀《毛詩》。六時發出警報，避入洞中。有頃，聞機聲、投彈聲繼起，約五分鐘即止。下山時已暮色蒼茫矣。報載前大總統徐東海在天津逝世，中央明令褒揚，先發治喪費一萬元，飾終令典，俟失地恢復，隆重舉行。按：東海諱世昌，字鞠人，東海縣人。余之襲封也，東海時居總統位，力持正義，我孔氏之嫡裔，得以不絕，則我族之感于徐氏，其言語可喻哉？

廿五日　晴

讀《史記》、《毛詩》。翼鵬來，始知昨日被炸地址，係學田壩（即新郵身後，遠不過二百步）、蔡元壩（在新郵右，遠不過半里）、上清寺、聚興誠銀行側（在新郵左，遠不過四、五百步）、羅家壩（新郵對面，遠不足一里），故慕賢室中窗為之開，物為之傾，牆頂泥皮亦下，可畏也。接莊、王二師函，家中已知余移居山中矣。並云五三四後，日人有至家中惇惇問余重慶住址者，雩叔答以不知辭之。

廿六日　晴

讀《史記》、《毛詩》。瀞安叔昨晚由璧山回，今日來山，即赴磁器口四川教育學院，接洽在歌樂山建屋事（歌樂山係省立農場教育學院所轄）。下午歸云無問題，定明日九時去山看地皮。李稽核來云，庸公已飭工程師為余覓地皮，大約與中央銀行同址。余亦面應之。如歌樂山地皮不成，則就居于此矣。

廿七日　晴

本定今日赴磁器口邀教育學院主任王君香蓀同赴歌樂山看地皮，因汽車壞，改明日。香蓀，吾舊友也。瀞庵叔、翼鵬來，相談竟日。讀《毛詩》、《史記》。

廿八日　陰

早九時即隨瀞庵叔偕炳南赴磁器口，約香蓀同赴歌樂山，往訪李君應元。李君，瀞叔、香蓀老友，並有孫君者，某大建築公司總工程師（李君介與余），即與之談覓地皮事，二君云無問題，當代為覓地址。因山坡松林間皆可隨意選地建房，二君並云，所有建屋及購地一切手續均可代辦。因山間主管人不在，而其主管機關辦事又茫無頭緒也。

二十九日　陰（作書致孫德符外舅北平。致韻琅書問疾曲阜）

讀《史記》、《毛詩疏》。下午與翼鵬來閒話。

五月初一日　晴

讀《毛詩》、《史記》。（接大姐北平書云：余寄二姐三百元已收到轉寄矣。並附其最近照片及小甥三人（二男一女）照片五張。即復）。

二日　陰雨

讀《毛詩》及《九經古義》。本定今日赴歌樂山，因雨而止。

三日　微晴，傍晚晴

讀《毛詩》。赴歌樂山，地址已擇定。

四日　晴

上午偕林君暨維鄂赴新郙，又赴城內買物。昔日繁華景象，皆變為敗垣亂瓦，一片荒涼，睹目傷心。下午一時，詣庸公叔祖，請示建屋事。余④力請在歌樂山，蒙鈞諾。三時返山。

五日　晴熱甚

今日端陽，暑氣特甚。早飯飲雄黃酒。下午讀《毛詩》。

六日　微陰

讀《毛詩》。

七日　晴，熱不可支

讀《毛詩》，汗流浹背，不可終日（瀞叔、呂師赴歌樂山）。接三妹曲阜來書，並寅生弟（王老師前學弟）小照。

八日　陰雨竟日

偕林君、鄂女下山返新郙寓。佩卿叔邀往黛吉小酌，下午回寓閒談。雨大，不能返山，遂留宿。

④「余」字上衍「蒙」。

九日　微晴
早十時，偕林君返山。讀《毛詩》、《史記》。

十日　陰雨
上午，下山赴庸之叔祖請批示建房事。蒙批准撥洋壹萬六千元。下午返寓，讀《毛詩》。

十一日　陰雨
上午隨瀞叔偕林君赴歌樂山，與李應元、工程師張秀山，決議建屋事，並交款五千元、地皮費一千五佰元。

十二日　微晴
昨日赴歌樂山，因風雨略受微寒，氣管有痰，發癢微嗽，不快多臥。強閱《毛詩》一篇，《史記》數葉。

十三日　微陰
終日咳嗽流涕，不快。閱《史記》。

日記本　佛巖山館日記　卷二

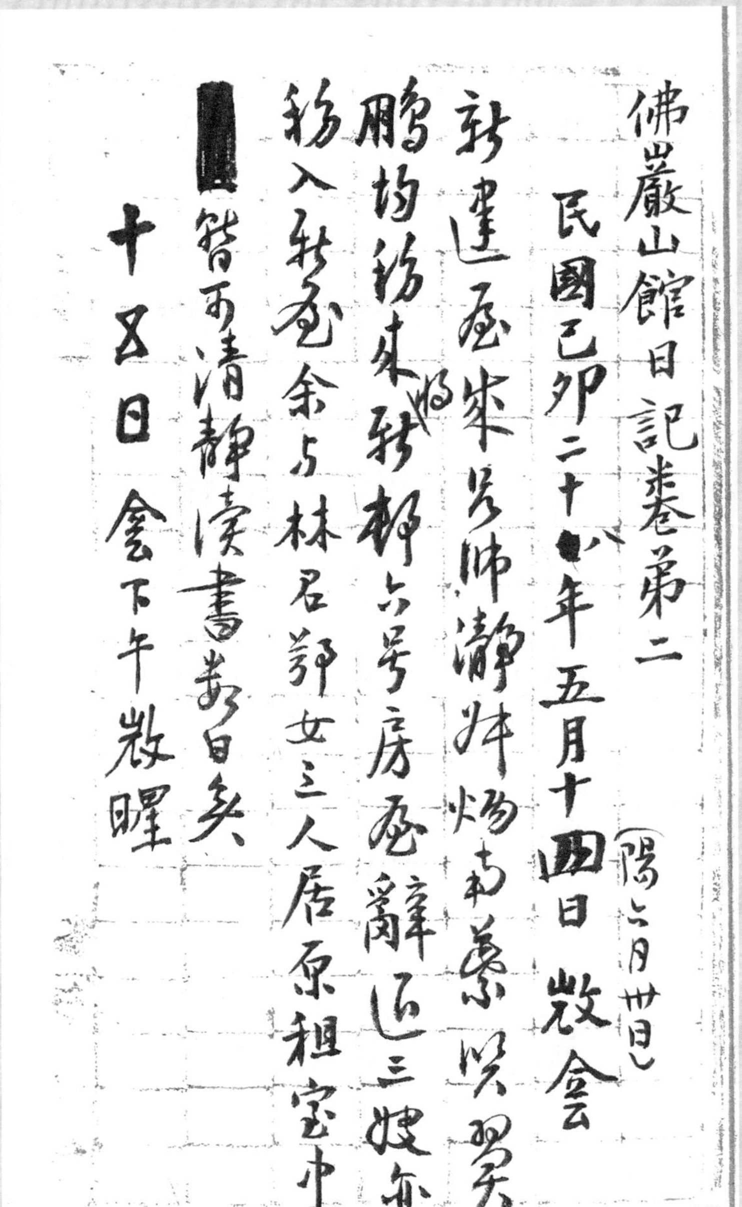

佛巖山館日記卷第二
民國己卯二十八年五月十四日（陽六月廿日）散会
新建函來召帥瀞妹偕南葉暨四男
鵬均移來欣新邨六號房函辭返三嫂尔
移入新屋余与林君鄧女三人居原租室中
[redacted]皆可清靜讀書数日矣
十五日 陰下午微曜

民國己卯二十八年五月十四日（陽六月卅日） 微陰

新建屋成，呂師、瀞叔、炳南、慕賢、翼鵬均移來，將新邨六號房屋辭退。三嫂亦移入新屋。余與林君、鄂女三人居原租室中，暫可清靜讀書數日矣。

十五日 陰，下午微晴

讀《毛詩》、《史記》。寫對聯兩副，以篆、魏分書之。

十六日 陰雨

讀《毛詩》、《六譯館叢書》（四川井研廖季平平著），因咳嗽痰多，炳南開方服之，主健脾，去濕潤肺，去痰。

十七日 陰，早微雨即止

早隨瀞叔，偕翼鵬、慕賢赴歌樂山，李應元先生為余覓得一暫時住址，擬一二日移去，下午返寓。

十八日 晴，微熱

近日心緒不佳。上午讀《毛詩》畢，下午與慕賢對奕四局。晚傍燈讀書。十一時始寢，終夜不寐，雞鳴時漸覺入夢境矣。

十九日 晴，熱

讀《毛詩疏》。熊文觀民來，約明日赴歌樂山遊覽。夜十二時發出警報，敵機分四批來襲，至早四時始解除警報。（被炸地址為武庫街、大揚谷等地。）

二十日　晴，熱，下午迅雷暴雨大風，旋止

讀《毛詩》。下午張、劉二女僕相罵動手，余往前喝止不得，張媪反而罵余，一時氣動，擊其兩掌，繼而悔之。以後事事當戒以忍字，輕毋動怒而遺笑他人也。余送熊丈觀民反江北（本約今日赴歌樂山，因昨夜警報，終夜不能眠，觀丈舊有失眠疾，恐屢發，故作罷。）又赴新邨訪蒙藏會吳禮卿，相談甚快。早夜十二時又發警報，敵機分三批來襲，投彈多枚，山外樹間半天為紅，四時始解除。即睡時，已天明矣。兩夜擾與警不得眠，身頗不快。

二十一日　微晴

讀《毛詩》、《史記》。聞昨夜所被炸地址，仍係銀行區。

二十二日　陰雨，下午止

讀《史記》。下午七時赴重慶大學山東旅渝沙磁區同鄉學生歡迎會（因重慶學校皆沙坪壩、瓷器口兩地）。余致詞約四十分鐘（演詞別為稿），瀞叔又致詞。九時返山。

二十三日　陰

余在歌樂山暫時覓一小房，偕林君、鄂女先往。今日預將應用傢俱移去。翼鵬隨往。約明後日，余即可移入山中也。

二十四日　陰下午晴

接莊、王二師（雲光叔、靈叔叔）曲阜端節後三日書，云近中族人孔玉生（寧陽人，名昭潤，曾兗明德中學校長）、孔鶴安（北門十府，名令煦，與余為近支），曾勾引日敵，派人到曲，借詞余不在家，應選族中年高有德者，進府主持。雲叔力距之，因此曾親赴濟南耳。面見偽省長唐露岩（係雲叔執友），此事或可告一段落，故流言以毀雲光。彼等小人因進行不利，私心未逞故耳。此意中事也。

二十五日　晴熱

早隨瀞叔偕林君、德埴弟赴歌樂山，約後日余即可移去矣。行炎日快為所苦。下午四時歸，並在沙坪壩商務印書館購得近人吳其昌所著《金文曆朔疏証》一部。

二十六日　今日入伏，熱，晚有風，略涼

讀《毛詩》。于立五來，宿呂師室中。

二十七日　晴，熱甚，夜不成寐

讀《毛詩》。下午熱甚，不堪讀書。

二十八日　微晴，略涼

讀《毛詩》、《史記》。

日記本　得風軒日記　卷一

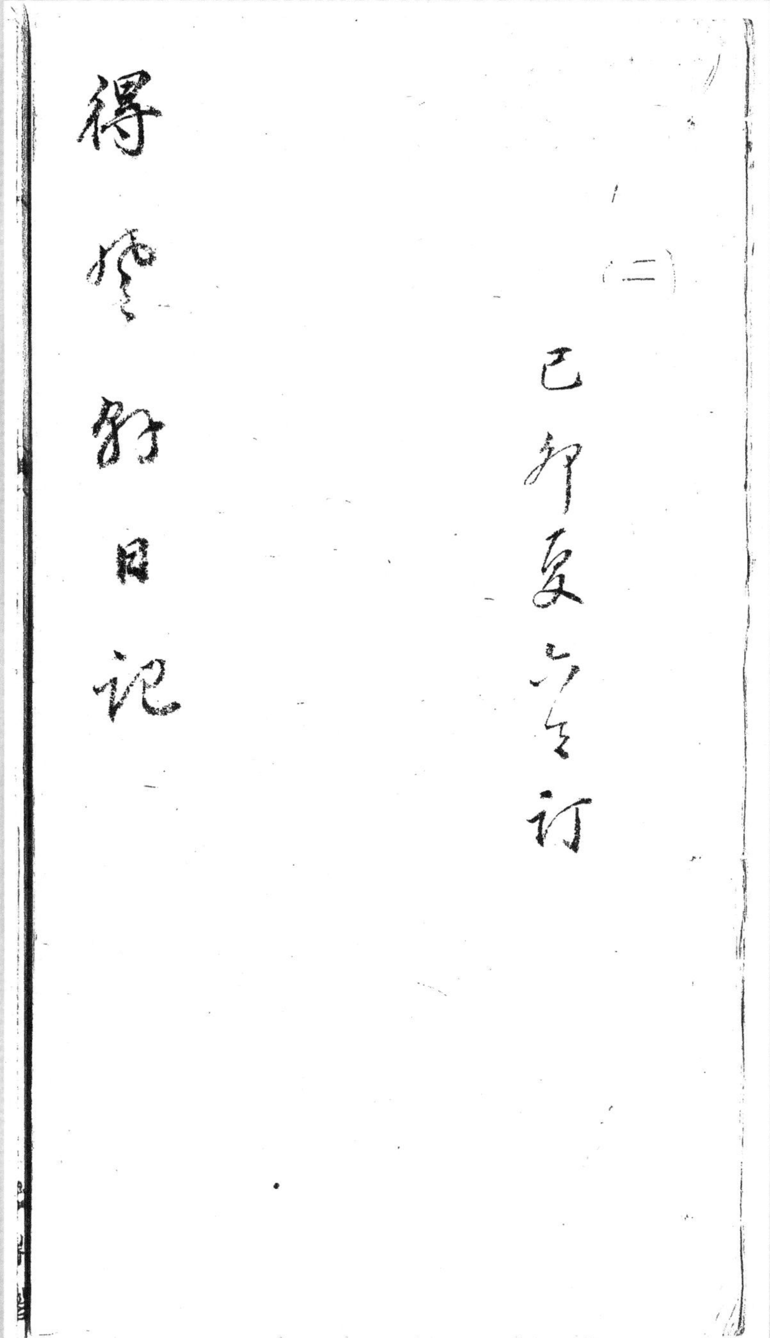

得空軒日記卷一

余免務居化龍橋月餘因氣候炎熱擬赴峨嵋
避暑因林君已有身數月恐途中不堪辛苦
而化龍橋大有不可一日居之勢迺托張秀山君錄
山村百辦公處之保之者
暫時在歌樂山借寺廟數楹全戶
林君鄧先則移去後山中辦公處宅護送再
全部移來屋居歌樂山峰之東北四圍松人煙

今節今日下山返化龍橋房余与林送之滿井瘧疾已見輕六時返山

二十日　十夜文廿四　與蔡叔機枚俘乃叔

讀毛詩

二十一日　晴熱

讀毛詩史記

二十二日　晴熱

偕林君鄂女邀同李應元赴化龍橋滿井瘧疾已見全愈矣

二十三日　晴熱

讀毛詩潛研堂集

二十四日　晴下午微雨旋止

讀毛詩潛研堂集　作書致伯母（石氏）七妹謝琅曲阜大姐北平二姐天津

二十五日　上午雨下午晴

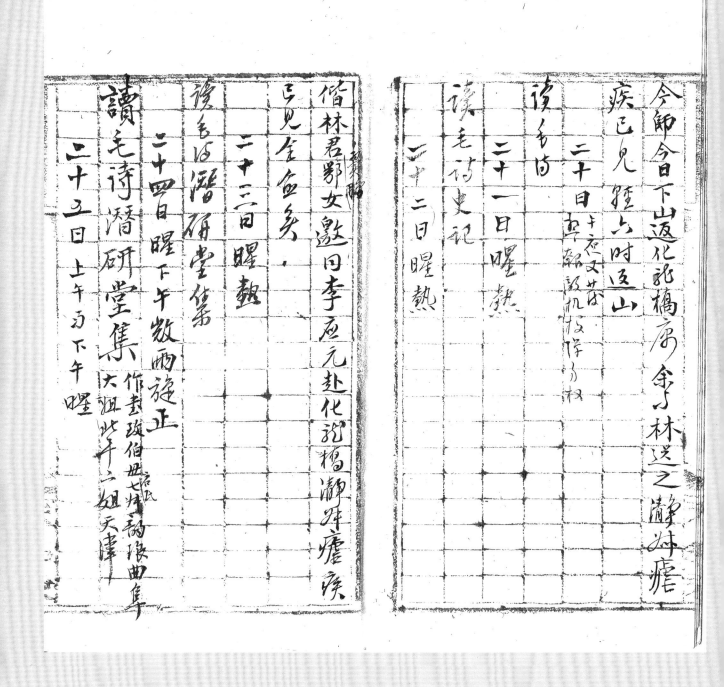

余既移居化龍橋月餘，因氣候炎熱，擬赴峨嵋避暑。嗣因林君已有身數月，恐途中不堪辛苦，而化龍橋大有不可一日居之勢，乃托張秀山君（歌樂山建築本府辦公處之保工者），暫時在歌樂山借土屋數楹。余與林君、鄂兒先行移去。俟山中辦公處完竣後再全部移來。屋居歌樂山峰之東北，四圍若松，人煙寂靜，而得風最多時，雖勝夏猶終日袷衣，蓋由風多而易涼也（離此屋數十步，則風少矣），因以是名之，聊以別日記名耳。（己卯六月十五日達生識于歌樂山得風軒窗下）

五月二十九日　晴，熱甚　陽七月十五日

今日擬將木器家具移往歌樂山。嗣因天氣過熱，遂定今日全部移往。四時到山。余與林君及鄂兒住一室，翼鵬與我住對面屋。女僕住外室，男僕住別室中。山上頗為涼爽，低重慶市內二十度左右（重慶酷熱，原因係盆地，故歌樂山乃渝西第一高峰，拔海面九千公尺左右，得風而涼），室小如斗，暫可容膝耳。

三十日　晴

今下午又將一部分家具移來，飭汽車夫羅子文返城迎瀞叔明日來山。讀《毛詩》、《史記》。

六月初一日　微陰，傍晚風起

讀《毛詩》。瀞叔來，飯後瀞叔去。讀《史記》。與翼鵬對弈數局。晚燈下作書致伯母、雲叔、大姐。

初二日　陰雨

讀《毛詩》、《史記》。林君昨日受風，皮膚起疼疔，發癢。

初三日　微陰，夜大風起，約半小時止

讀《毛詩》、《史記》。下午與翼鵬對弈三局。

初四日　晴，傍晚風起

讀《毛詩》、《闕里文獻考》。與翼鵬對弈三局。作書致孫鐵君內兄、雩叔、五叔。

初五日　晴，傍晚大風雷雨，屋內皆濕，旋止，有日影

讀《毛詩》、《闕里文獻考》。翼鵬下山赴龎家岩，雨止後始歸，云城內日來熱甚，而山中仍終日裌衣也。

初六日　早夜雷雨，時晴時陰，午後小雨，旋止

早偕林君、鄂兒赴化龍橋寓一看。氣候悶熱，雨數降，飯後歸。一登山麓，更覺涼爽，寔別有天地也。讀《文獻考》。

初七日　晴

早令朋來（士歡叔祖前之大叔）。讀《毛詩》、《闕里文獻考》。

初八日　晴

今師、瀞叔、慕賢來山，飯後歸化龍橋。下午七時警報，遠處起火兩處，一處約在江北，一

處或是小龍坎附近。

初九日　晴

早偕翼鵬下山，進城履令朋之約。在青選處用飯，即因令朋詣庸之叔祖，允其謀事于中央銀行，四時返。又到沙坪壩商務印書館購得參加《倫敦中國藝術國際展覽會出品圖說》二冊，六時返山。

初十日　陰

讀《毛詩》。晚李應元先生來閒談，夜九時始去。

初十一日　陰雨竟日，涼甚

讀《毛詩》、《史記》。

十二日　陰雨竟日

讀《毛詩》。

十三日　陰雨，下午晴

讀《毛詩》。腳骭日來被蚊蟲咬而發痛甚。

十四日　晴

讀《毛詩》、《史記》。腳骭痛甚，不可步咫尺矣。晚九時發出警報，遠望電燈一時皆熄。

我方之高射炮、探照燈具發，敵機皆為燈光所照，閃閃發光，約兩小時始解除，東北方火焰又起，蓋重慶市附近也。

十五日　晴

讀《毛詩》。下午與翼鵬對弈兩局。

十六日　微晴

炳南來山，云今師、瀞叔日來均患病。飯後隨[1]翼鵬、炳南返化龍橋探視瀞叔，略受外感。今師係瘧疾，昨晚避警報，又受風寒，病狀甚重。遂定明日來山，赴寬仁醫院診治。四時返山，余赴李士偉處，托其介紹寬仁醫院大夫特別招拂也。

十七日　晴

早翼鵬赴龐家岩迎呂師來山，赴寬仁醫院診治，醫謂純係瘧疾，注射一針後，遂來寓修養，居翼鵬室中。下午三時四十分冷熱又作，但輕於昨日數倍矣。夜十時許警報，敵機兩批來襲，被炸地點不明。

十八日　晴

終日陪今師閒話。今師今日又注射一針，下午瘧遂不發作，身體亦見清爽，遂定明日下山返化龍橋。炳南來，云瀞叔昨日亦得瘧疾，甚劇。飯後炳南下山。午夜敵機又襲重慶。

[1]「隨」字原作「遂」。

十九日
今師今日下山，返化龍橋寓，余與林送之。瀞叔瘧疾已見輕。六時返山。午夜敵機又襲重慶。

二十日
讀《毛詩》。午夜又發警報，敵機投彈多枚。

二十一日　晴熱
讀《毛詩》、《史記》。

二十二日　晴熱
偕林君、翼鵬、鄂女，邀同李應元赴化龍橋。瀞叔瘧疾已見痊癒矣。

二十三日　晴熱
讀《毛詩》、《潛研堂集》。

二十四日　晴，下午微雨旋止
讀《毛詩》、《潛研堂集》。作書致伯母、石氏、七叔、韻琅曲阜，大姐北平，二姐天津。

二十五日　上午雨，下午晴
讀《毛詩》。慕賢來。財部將本府歌樂山建築費一萬六千八百五十元發下，飯後去。作書致大姐、二姐。接大姐、二姐書。

二十六日　晴
讀《毛詩》、《史記》、《潛研堂集》。
二十七日　上午晴，下午陰，大風旋止
讀《毛詩》、《史記》。
二十八日　早夜大雨，風至午十時始止。有日影，傍晚陰，夜雨
讀《毛詩》。上午下山赴高店子（山下小鄉）宴請胡叔潛先生，酬其為余介紹此寓也。飯後二時返山。德埴弟來，云欲赴峨嵋一遊，因路費不足，余贈其五十元，飯後去。
二十九日　早雨，下午晴
讀《毛詩》、《史記》、《潛研堂集》。
七月初一日　晴，下午乍雨即晴
讀《毛詩》、《左傳》、《史記》。早偕林君赴李大夫士偉診查，云身體甚好。
初二日　晴，下午乍雨，旋止
讀《毛詩》、《左傳》、《史記》。龔農瞻太太來，飯後去。早偕林君、鄂兒赴新房子看工程。
初三日　半晴半陰
讀《毛詩》、《左氏春秋》、《史記》、《潛研堂集》。林君腹又覺痛，下午赴李大夫處診

視，持藥餅十枚歸。暹羅改名泰國。

初四日　晴，夜大風起

讀《毛詩》、《左傳》、《潛研堂集》。洗足。

初五日　晴

上午十時發出警報，歷二小時許，敵機未入市空。柯定礎同朱某來訪。慕賢來，飯後去。讀《毛詩》、《史記》、《潛研堂集》、《左傳》。

初六日　晴

讀《毛詩》、《史記》。李應元來。（美、日廢除商約）

初七日　晴

昨日接丁鼎臣師函，定今日上午十二時半同鄉會張自忠將軍（蓬萊人，字藎忱，現任陸軍第△戰區司令長官，上將銜，抗戰以來，屢建奇功。）十時進城，順道赴沙坪壩商務印書館買書。因[2]時尚早，在一小西菜社小酌，遂進城，中途遇警報，乃返。飯後答拜柯定礎先生、朱老先生。朱某年已七十餘，深于《道藏》，以釋、道兩家之說，解無極之說，至謂天字人者，一陽一陰也。忠恕者，即佛之慈悲。無知妄說，可笑之至。新人之毀孔子，本無學識，猶可說也，而老輩中人心寔欲尊孔，而不知其說即所以汙毀孔也。無極本出陳摶道教之說，至宋人乃以為聖人不傳之密，何其愚而詐也。歷史具在，陳摶以前絕無無極之說，宋人學陋，不察本而齎末，奉為薪傳，其自欺欺人，亦已甚矣。附記於此，以告來者。

初八日　晴

讀《毛詩》。接青選帖，約明日晚燕張蓋臣。

初九日　晴

早進城，赴青選處，同往拜訪張蓋臣（自忠）、孫連仲（仿[3]魯），又赴雲生叔祖處。在青選家用飯。嗣因汽車登記證未發，赴化龍橋，慕賢赴警備部領取，因其主管人開會，明日始可。始出，至六時始返。寔甫來，云其近日窘甚，日前余曾贈其五十金。天晚，宿此。晚八時發出警報，敵機在小龍坎、化龍橋間投彈。

初十日　晴

早十時，偕實甫進城。余在青選寓設燕燕張蓋臣、孫仿魯兩將軍，並邀鼎師、雲生叔祖、劉觀堂、崔唯吾、王子壯、青選等作陪，下午四時返。五時抵寓，又接得英領德　本請帖。明晚燕印度國民黨領袖尼克魯（尼為印度復興運動領袖，位僅次甘地。于昨日來華抵渝。）

十一日　晴

上午赴鼎師處。瀞叔、呂師來山，飯後去。並辭英領宴。令朋來。

十二日　晴

讀《毛詩》。鼎師來，飯後去。接國府通知，明日　先聖誕辰，在國府舉行，並於是日舉行教師節。

②「因」字原作「應」。
③「仿」字原作「方」。後一日又出現，逕改。

十三日　晴

早進城，赴國府參加　先聖誕辰紀念，由行政院孔院長主祭。並詣庸之叔祖，又訪李稽核而歸。讀《史記》。

十四　晴

讀《毛詩》、《史記》。晚八時許警報，敵機分三批來襲。彈多投化龍橋、小龍坎、磁器口[4]一帶，屋壁亦覺動搖，至十二時始解除，就睡。

十五日　晴

早偕林君進城，赴化龍橋，余寓所昨夜警報時全部炸毀。今師、澥叔、炳南、慕賢及三嫂等均幾遭不測。龎家岩下炸彈落有數百枚。下山赴雲生處，為彼擬請澥叔擔任山東參議會秘長（雲生為滕縣本家，現任山東議長），因余不欲澥叔離此也，辭之。又之中央銀行提款（九月經費一千七百廿元），約李稽核、今朋赴外賓招待所進餐，下午歸。澥叔、今師已來山，借得李應元房居住，明後日擬全部移來矣。

十六日　晴，夜明如晝

讀《毛詩》。夜十二時警報，避入林主席防空洞[5]中。鄂兒哭，余乃抱之還，臥石坡下，敵機之聲即繞飛于人頂也。三時半始睡。今日三嫂來山，住雲頂寺內。

十七日　晴

讀《毛詩》、《史記》、《左傳》。炳南、慕賢及全部移來，住高店子李應元房。

十八日　晴

讀《毛詩》、《左傳》。夜十時許警報，偕林君、鄂兒避入山後木魚堡下小防空洞中，別無他人，洞雖薄而淺，然鄂兒未哭鬧，心覺安然。至夜三時半始解除，四時始睡。（赴鼎師處。）

十九日　晴

午隨瀞叔下山，赴李軍長仙洲宴（山東人），並赴孔雲生處商談山東參議會秘書長事，決由瀞叔擔任。並訪內政部周部長，未訪得門而歸。歸後翼鵬告以大姐六月廿七日夜間在平病故。前五日家僕即有信來平，云患血疾發作，並寄藥方一張，乃廿六日所服。恐余心痛，故遲數日，始告余知。凶耗乍聞，晴天霹靂，心痛如刺，距⑥其死前三日，猶接其六月廿日手書，詢林君濕疾，屬以善護鄂兒為念，未曾言其有疾，詎料其死，而此信遂為最後之遺言矣。姐丈馮聖心，無志之人，素以敗家業名。其君舅年邁七十，猶娶十六七歲之室人。有此兩端，加以大家庭之難處，即此或可以致其死矣。自余離家後，平、渝間書信未嘗⑦旬日斷也，每書必戒余勉力嚮學，敦行勵品，善護身體。並特屬以離家萬里，歲時祭祀不可有闕。余謹奉行，且以近日潛心治經告之，吾姐未嘗⑧不喜歡逾恒，見于筆墨片紙之間，以為有弟可期也，並盼天下早平，得聚手足之樂。時余以「桑田滄海能復幾日，姐其待之，相見不遠耳。」並擬以平日治學心得告知，用博吾姐之歡心。誰料其死之速，不待承⑨平之日，手足團

④「器」下原脫「口」。
⑤「空」下原脫「洞」。
⑥「距」字原作「拒」。
⑦「嘗」字原作「常」。
⑧「嘗」字原作「常」。
⑨「承」字原作「成」。

聚，是期其近而期愈遠，竟無見面之日矣。姐身體素彊健，日前猶以最近照片寄余，亦未有病容也。姐之病也，弟不得奉湯藥；其死也，不得撫棺一哭，天實為之，謂之何哉。死者已矣，姐遺二男一女，長者六、七歲，小女才二齡。教育之責，弟何敢辭。姐其瞑目，弟敬以昌黎事嫂之心事吾姐矣。姐以民二年十一月十三日生，廿八年六月廿七日卒，年二十七歲。揮淚書此，以備他日為誌者之狀。

二十日　晴

終日心痛，思姐心切，精神曶曶，如有所失。珮卿、玉昆來，飯後去。夜十二時警報，即避入防空洞中，敵機共分五批來襲，投彈多在磁器口、沙坪壩之間，洞內猶覺風謖謖也，五時始睡。

二十一日　晴

心中難過，俯案痛哭。覺心中少慰，作書致王老師，問大姐病狀，及其歿後甥輩情形。

二十二日　晴，下午大風雨，旋止

心痛、脅痛，尚可支。與翼鵬、炳南對弈兩局，聊可解痛。接莊、王二老曲阜書，略云：日前春師曾託人，至今未有復書，或可無問題，語焉不詳，蓋家中又出意外事矣。

廿三日　晴

德國與波蘭開戰，英、法助波，美、蘇、義、日皆中立，歐洲小協約國，非中立即助波，德則[10]成為獨立局勢。

早七時偕林君、翼鵬赴磁器口買物，十二時歸。

廿四日　晴

偕林君赴李大夫處診視，持藥片六枚歸。接伯母曲阜書，並轉來馮府報喪信。大姐係六月廿一日始感不適，當晚轉劇[11]，至廿五日病漸瘋狂，延至廿六日晚十時睡中死矣。次日成殮，即日移靈長椿寺中。閱後心中難過萬分，欲[12]哭無淚。吾姐弟只三人，天乎曷又遽喪其一耶！

廿五日　晴

作書致孫鐵君內兄，致伯母。連日心胸氣痛，時發咳嗽，飲食頓減，精神不振，延醫診云尚無礙。蓋日來受刺激過深，使遊子何以堪也。

廿六日　晴

讀《毛詩》。趙立齊（營州人）來。接雲叔曲阜書云，府中族人搗亂，首由耀卿叔領首。耀卿者，雲叔、瀞叔之胞弟也，雲叔亦以全力應付之。

廿七日　晴

讀《毛詩》。近日飯少。今日服清導丸二粒。

廿八日　晴，城內甚熱

瀞叔自城歸，云今日為庸之叔祖壽辰，遂進城慶祝。先至青選處，云改為九月初七日舉行。遂進

⑩「則」字下衍「則」。
⑪「劇」字原作「據」。
⑫「欲」字原作「愈」。

城，遇警報，赴中央銀行，未入地室，即解除。約李稽核赴重慶外賓招待所進午餐，下午返山。

廿九日　晴，下午風

讀《毛詩》、《左傳》、《史記》。

八月初一日　傍晚風起，天明始息

讀《毛詩》、《左傳》、《史記》。

初二日　早陰，下午晴，入夜風起

讀《毛詩》、《左傳》、《史記》。作書致莊、王二師、伯母、雲光大叔。

初三日　陰，微雨，入夜風起，雨竟夜

讀《毛詩》、《左傳》、《史記》。得其敏叔、文川曲阜書，作書致靈叔、其敏兩叔、陳韻琅曲阜、孫鐵君內兄北平。

初四日　陰雨，涼

讀《毛詩》、《左傳》、《史記》。涼甚，可薄棉衣。書對聯一付，賀庸之叔壽辰。

初五日　陰，入夜雨甚，大涼

讀《毛詩》。下午之山下「游藝」運動場觀劇，小立即返。

初六日　陰雨

讀《毛詩》。孫鈴來。

初七日　陰雨

今日為庸之叔祖六旬壽辰，特前往致賀，飯後買物歸。

初八日　陰雨

接北平馮宅信，詳述大姐得病情狀。信長，別存稿，蓋為庸醫誤也。讀後不盡心傷。當作復函。

初九日　陰雨，涼甚，雲霜似海

讀《毛詩》、《左傳》。接莊、王老師曲阜七月廿一日書。讀《史記》。

初十日　陰，傍晚，微晴，有月色

讀《毛詩》。下午赴山下今師處閒談。歸，小飲數杯，微有醉意。

十一日　陰，傍晚有日影，夜微有月色

讀《毛詩》。寫條一幅。讀《史記》、《白香詞》。作書致靈叔、五叔。

十二日　陰，傍晚微見日光，入夜風微起。

偕林君、鄂兒赴山下閒遊。下午讀《左傳》，夜讀《史記》。日來陰雨，頗涼。

十三日　陰，傍晚有日影，夜月色朦朧

讀《毛詩》。偕林君攜鄂女赴李士偉處診視。讀《左傳》、《史記》。作書致中央銀行[13]稽核處梁副處長邕庭，詢李稽核滬住址。因李稽核於日昨赴滬也。今日為先母王太夫人冥[14]辰，屋太窄狹，不得供果茶。

十四日　陰，早夜風起，晚雨風又起

讀《毛詩》、《左傳》。

十五日　陰，微日有蘊，夜月色朦朧。

今日中秋，山中無聊，早赴高店子趕集（四川曰「場」）。下午偕翼鵬、林君赴雲頂寺賞桂，花正盛開，香聞全寺，折得數枝，歸插瓶以應節景。與翼鵬、德埴弟、林君洗酌共飲，黃昏後微醉而散。

十六日　有日影，早夜風，夜微有月色，小風

自大姐去世後，心緒[15]亂極，讀書甚少，一開卷便痛思潮[16]湧，惟談笑聊可解愁耳，亦賤痺也。晚警報兩，頭昏，避入防空洞中，至早三時始解除。

十七日　陰，下午晴，夜，月色微明

讀《毛詩》。晚八時發生警報，十時解除。敵機在郊外某處投彈。

十八日　陰，下午有日影，夜，月色時出，有時沒

早偕林君、鄂兒進城（因汽車赴小龍坎登記），將十月經費一千七百二十元領出。在外交賓館進午餐，下午歸，讀《洙泗攷信錄》（今日在世界所購）。夜八時、十二時兩發警報，皆未發緊急警報即解除，一時始睡。

⑬「銀」下原脫「行」。
⑭「冥」字原作「明」。
⑮「緒」字原作「續」。
⑯「思潮」原作「潮思」。

日記本　得風軒日記　卷二

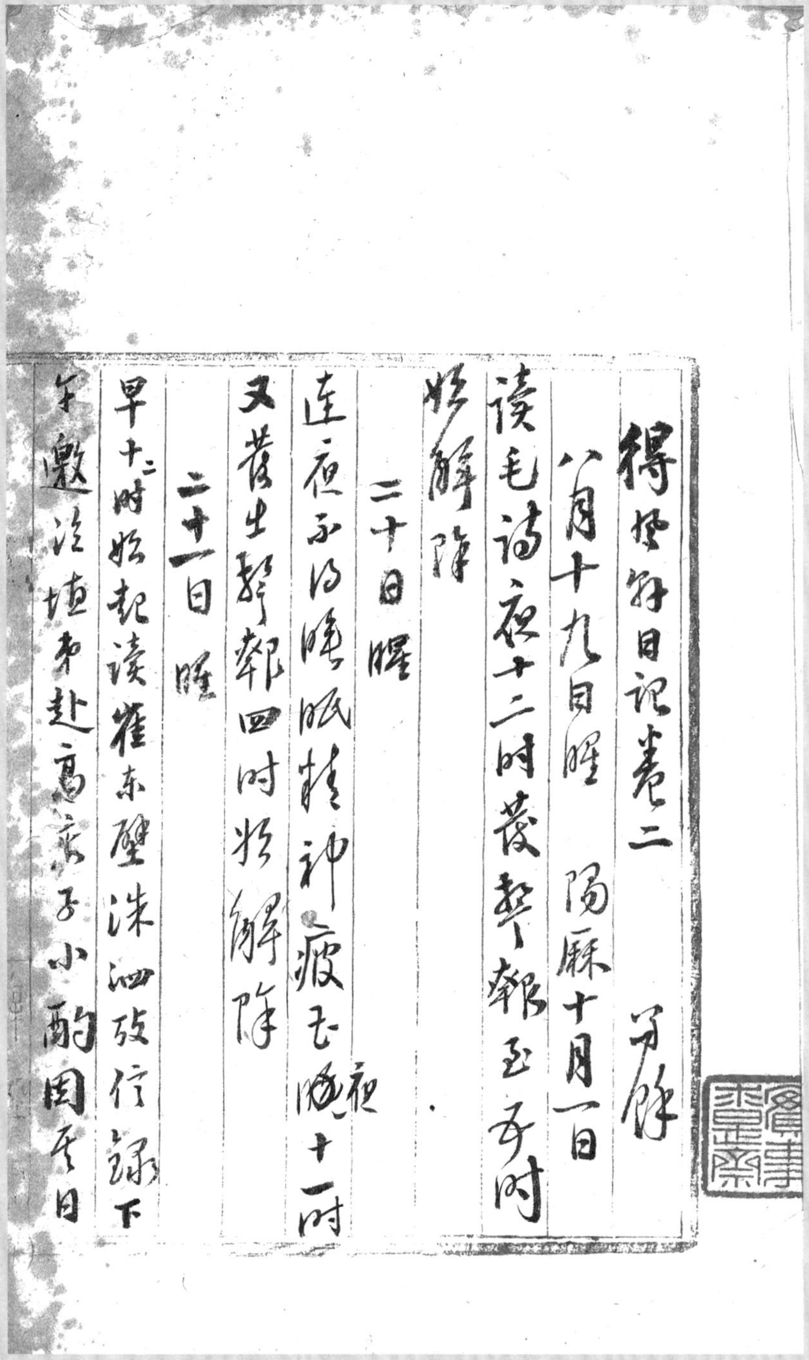
得風軒日記卷二　另餘
八月十九日晴　陽曆十月一日
讀毛詩夜十二時發熱至五時
始解降
二十日晴
連夜不得睡眠精神疲甚晚夜十一時
又發熱至翌四時始解降
二十一日晴
早十二時始起讀崔東壁洙泗考信錄下
午邀汪埴甫赴高齋子小酌因昨日

廿

二十六日 陰

今日爲益兒滿月早令帥亦在山同飯

令帥自務店後早即下山赴棕嶺晚下午歸同晚飯 添菜八品

晚在北味和 高府子晚一北方菜館 菜六元一桌一

桌菜味不佳談兒時詩詞類

二十七日 陰

報載吳子玉將軍于十二月四日下午

六時五十分以牙疾之病逝 洪 平寓吳逝

固不欲重用以賣國求榮且不自与

八月十九日　晴　陽曆十月一日

讀《毛詩》。夜十二時發警報，至五時始解除。

二十日　晴

連夜不得睡眠，精神疲甚。夜十一時又發出警報，四時始解除。

二十一日　晴

早十二時始起，讀崔東壁《洙泗攷信錄》。下午邀德埴弟赴高店子小酌。因其日前考入中央大學，昨日赴學校報到。今晚為之祖餞也。夜一時發出警報，敵機在沙坪壩、磁器口①一帶投彈，三時解除。

二十二日　晴

今日起床仍遲，讀《攷信錄》、《毛詩》、《左傳》。夜一時發出警報，彈聲隆隆振耳。五時始解除。

二十三日　陰雨，入夜未止

九時始起，十時又發警報，旋即解除。報載我空軍於昨日飛漢口投彈，炸毀敵機五十餘架，亦快聞也。

二十四日　晴

讀《毛詩》、《洙泗攷信錄》、《左傳》、《史記》。接曲阜雲光大叔信，並轉馮宅信一件，作書致獻唐，請其書「寔事求是齋」橫幅。

二十五日　晴

讀《毛詩》、《左傳》、《史記》、《孜信錄》。

二十六日　晴

讀《孜信錄》、《左傳》。

二十七日　晴

于範亭太姻長來，此來係在考選委員會監卷者，飯後去。下午赴高店子刻「寔事求是齋」印、「詩禮樓藏書記」印二方，晚心中難受，早睡。

二十八日　晴

讀《毛詩》、《史記》。今日為十月十日國慶，美國以是日為中國日。城內慶祝國慶及長沙大勝。

二十九日　晴

讀《史記》、《左傳》、《中國近三百年學術史》（近人錢穆著）。接曲阜莊、王二師書，其敏叔函，德聰弟函。余在家時，曾欠其利，洋四百四十元，此函係催欠也。

三十日　晴

赴李士偉處。

①「器」下原脫「口」。

下山赴棕嚴，與澥叔談話，因九二軍李軍長仙洲（山東人），此次奉命返魯，彼擬請澥叔擔任秘書事也。閱紀春帆《閱微草堂筆記》、《史記》。

九月初一日　晴

讀《毛詩》、《史記》、廖季平《六譯館叢書》、《今古學攷》，作書致雲光大叔、孟毅生。

初二日　早陰雨，旋晴

讀《毛詩》、《史記》、《閱微草堂筆記》、《六譯館叢書》。作書致二姐，莊、王二師。熊丈觀民來，留宿山下呂師處。

初三日　晴

報載我機昨日又飛漢口，炸毀敵機百架。讀《毛詩》。熊丈觀民登山來訪。午睡後寫對子一付、條一幅。燈下讀《史記》。

初四日　晴，下午微陰

讀《毛詩》。下午進城，因振濟委員會開會商量冀魯豫水災振濟辦法。天已晚，宿城中，在高春如處下榻，夜不成寐，獨坐翻閱雜書，時至三時半，衣單覺涼，擁衾小睡，至五時半鐘。

初五日　晴，下午陰，大風雨

早五時半起，在春如家用點後歸，至山已十時矣。終日身倦未讀書。「詩禮樓藏書記」及「寔事求是齋」印刻來，以之遍識群書。

初六日　微晴

讀《毛詩》。呂慶堂師來（今師二弟）。開支票一千元為購汽油之資。

初七日　陰，夜微有月色

汽車今日進城，運汽油來（十桶）。讀《左傳》。夜氣管發癢，有痰，不快，早睡。

初八日　陰雨

讀《毛詩》。今日微嗽，不快。

初九日　陰雨，大風

讀《毛詩》。咳嗽流涕，不快。下午漸輕。

初十日　陰雨

終日仍流涕不快。讀《毛詩》、《左傳》、《閱微草堂筆記》。寫輓丁春膏聯一付。

十一日　陰，下午微晴，晚有月色

下午赴小龍坎弔丁春膏之喪。赴商務印書館買書，已閉門，乃返。晚讀《史記》。

十二日　陰，夜微有月色

讀《毛詩》。王子壯、高春如來。接獻唐所書「寔事求是齋」匾額。晚讀《史記》。九時發出警報，十時解除。十時半又發警報，十二時半發緊急警報，偕林君、鄂女避朱氏防空洞中，二時半始解除。天陰霧濃，敵機決不得至也。三時始睡。

十三日　陰雨

九時始起，身倦少讀書。夜燈下作書，致莊、王二師曲阜。致獻唐嘉定，謝其書「寔事求是齋」匾額。午十二時發警報，至一時始解除。

十四日　陰，早夜雨，晝止，夜有月色

讀《毛詩》。作書復王寔甫。讀《史記》。

十五日　陰

讀《毛詩》、《詩聲類》、《史記》。接王老師、雲光大叔曲阜書，云孔玉生、孔鶴菴等搗亂事，現已解決，彼等亦可少休矣。莊師所書「猗蘭別墅」匾亦收到。

十六日　陰

讀《毛詩》、《史記》，作書致莊、王二師、雲叔曲阜。

十七日　陰雨

讀《毛詩》、《史記》、《詩聲類》。作書致三妹曲阜，孫鐵君北平，並寄去相片二張。

十八日　陰

讀《毛詩》、《詩聲類》、《史記》。

十九日　陰，傍晚有日影。夜，月微露，旋陰

讀《毛詩》、《詩聲類》、《史記》。

二十日　陰

讀《毛詩》。飯後赴鼎師處，並借得牟默人《楚辭述芳》。本係牟氏家藏版，世所少見。書內另述靈均所涉山川地形，每段後加注。加注外，並有《王注楚辭》一部，係道光間湖南局版，及王菉友②《鄂宰四稾》一部。歸後讀《毛詩正韻》，晚讀《史記》。夜咳嗽大作，約半時許始得入睡。

二十一日　雨

上午赴蝦蟆石看房子，下午身微不快。讀《詩聲類》。夜孔祥燦來（原菴叔曾祖之少君），新自七月離自曲阜者，所談家中情形甚詳。偽縣長為□□，警察署長為馬□□。③日軍住曲者才四、五十人，住所為二師大樓，偽縣府在二師附小辦公，城門皆有日人，出入者必鞠躬敬禮，地方方面諸事，仍由吳蘊山住持。孔君宿今師處。

二十二日　陰

上午下山與孔君祥燦談，並邀赴高店子小酌。三時始返山。讀《詩聲類》，夜讀《史記》。赴李士偉處。

②「菉」下原脫「友」。
③以上空白，原缺。

二十三日　陰，下午晴
讀《毛詩》、《詩聲類》。飯後赴雲頂寺閒遊。夜讀《史記》。
二十四日　早陰，下午晴
炳南來山，偕林君赴李士偉處診視，因自昨晚林君偶腹痛也，飯後赴蛤蟆石觀房子。讀《詩聲類》、《左傳》。飯後赴棕嶺（呂師等居處），夜歸。讀《史記》。
二十五日　陰
讀《毛詩》、《詩聲類》、《史記》。
二十六日　陰（陽曆十一月七日）
林君終夜腹痛，早更劇。請李士偉來診，注射一針。下午腹痛益甚，又急請李大夫來。約半時許，產一男兒。生時極為順利，小孩身體約八磅有餘，胖大可愛，大小均平安，手術完畢，李大夫去。余偕鄂女宿右房中。
二十七日　陰
早，李士偉來診。下午二時，李之看護來診。讀《詩聲類》，夜讀《經世月刊》高亨氏〈元亨利貞說〉，擁衾讀《儀禮》。
二十八日　陰
早，李士偉來診。下午其看護來診。

二十九日　陰

下山理髮。下午看護來診。讀《史記》。

十月初一日

李大夫來診，下午其看護來診。讀《詩聲類》。接莊、王二師曲阜書，王師曾占一卦，遇否之觀，云余生男無疑，可謂神驗。

初二日　陰雨

讀《史記》。看護來診小孩。呂師命名「維益」，字「魯僑」，號「小魯」。

初三日　陰雨

讀《詩聲類》。李大夫來診。

初四日　陰雨

翼鵬登山來談。接戴孝園夫子賀書，云昨新歸自成都。

初五日　陰

李大夫來診。讀《詩聲類》、《史記》。寫對聯一付。作書復莊、王二師，致王賓甫南泉、孝園夫子重慶。

初六日　晴
益兒臍帶脫落，下午李之看護來診。讀《詩聲類》、《史記》。映元將其建築費用開單來，共漲支一千餘元。原為一萬六千八百五十元。
初七日　陰
讀《詩聲類》、《史記》。接孔院長、居院長賀電，接實甫信。
初八日　陰
夜為益兒哭鬧，身倦甚，少讀書。下午六時發出警報，至八時解除。緊急警報後，敵機並未入渝空。
初九日　陰
讀《詩聲類》、《左傳》。李士偉大夫來，為益兒種牛痘一顆于右腿上。（《說文》無此字。）
初十日　陰
早，彥東叔來（新自江津來），飯後去。讀《詩聲類》。作書致雲光大叔。讀《左傳》。
十一日　陰雨
早，作書致雲光大叔，為韵琅身後恤金事。韵琅，長沙人，為聖公府秘書有年，人尚忠實，身遺一妻一子一女，女已出閣矣。讀《詩聲類》、《左傳》。

十二日　陰

讀《毛詩》、《詩聲類》、《左傳》。接莊、王二師曲阜書，即作復。

十三日　晴，夜月甚佳

早偕翼鵬進城，即往謁戴季陶夫子，不遇。赴陝西街善成堂，將正續《皇清經解》運來。赴冠生園早餐。飯後，赴青選處，又謁庸之叔祖，談甚久。歸途月明如晝，至家已九時矣。途中將《正經解》前兩冊遺失，即作書致青選，詢是否遺其家中。

十四日　陰

讀《毛詩》、《詩聲類》、《左傳》。

十五日　陰

早翼鵬來。李映元又支去五百元。讀《詩聲類》。李大夫來看小孩牛痘。飯後，赴棕嶺。歸後讀《左傳》。

十六日　陰

讀《毛詩》、《詩聲類》、《左傳》。

十七日　陰

讀《毛詩》、《詩聲類》、《史記》。定明日移新居。

十八日　陰，下午微雨，旋
早移什物等。至下午移畢，隨偕林君暨鄂女、益兒移入。呂師亦移來，與翼鵬同屋。壽如三嫂及其女亦移來。

十九日　陰
讀《史記》、《詩聲類》。香孫來。

二十日　上午晴，下午陰，大風
讀《毛詩》。偕林君赴李士偉處診視。下午讀《詩聲類》、《史記》。作書致王老師曲阜、二姐天津、實甫南溫泉。

二十一日　晴，旋陰
讀《毛詩》、《史記》。接二姐天津書、孫鐵君兄北平書。

二十二日　晴，午後陰，大風
讀《毛詩》、《史記》。李映元來。

二十三日　晴
讀《毛詩》、《史記》、《詩聲類》。作書致中央銀行曹副理，為捨二姐匯款事。致王實甫論學。

二十四日　晴

讀《毛詩》、《史記》、《詩聲類》。接曲阜莊、王二師及蓮舫、雲光叔函，已知益兒生，惟尚未接余函耳。

二十五日　晴

讀《毛詩》、《詩聲類》、《左傳》。作書致蓮舫、雲叔、五叔。

二十六日　陰

今日為益兒滿月。早今師亦在山同飯（今師自移此後，早起即下山，赴棕嶺，下午歸，用晚飯），添菜八品。晚在北味於（高店子唯一北方菜飯），要六元席一桌，菜味不佳。讀《毛詩》、《詩聲類》。

二十七日　陰

報載吳子玉將軍于十二月四日下午六時五十分，以[④]牙疾病逝平寓。吳因不欲賣國求榮，且決不與漢奸合作，故為日人及漢奸所妬。報文可知其梗概矣：「天津外訊，敵因汪逆之偽中央政權，不為各方所同意，乃急圖強迫吳佩孚出任某重要軍職，加強傀儡組織之聲譽，自上月廿五日起，敵即派大批特務人員包圍吳氏住宅，敵酋板西並親晤吳氏，迫其與汪逆合作，或在華北自樹一幟，皆為吳氏所拒絕，而敵酋仍日往逼誘。廿九日起，吳氏突患牙痛，敵囑日醫立為診治，同時吳宅即為敵憲兵所監視，進出均受檢查。本月三日，吳氏牙痛更劇，日醫商得板西同意，乃施行拔牙手術，此後吳氏即轉入昏迷狀態，四日午後稍清醒，欲招親友

④「以」字原作「亦」。

及舊時僚屬談話，然終不可得。最後乃語其夫人曰：『死的好。』日醫此時復為之注射，吳氏即復入睡眠狀態，延至下午六時五十分，乃與世長辭。」觀此，吳氏為日人所毒，明矣。然人誰不死？死有重于泰山，有輕于鴻毛。吳氏人格過去為全國所景仰，身處敵境，屢為敵迫，終至不屈以死。彼為漢奸者，視吳氏為何如乎？吳之死，可以無憾矣。讀《毛詩》、《詩聲類》。

廿八日　晴

讀《毛詩》、《詩聲類》（《詩聲類》今日讀畢）。近人吳昌鼎《金文厤朔疏證》。吳氏以金文攷訂西周王朝典制史實，皆以厤朔歲推之，甚精確。

廿九日　陰

讀《毛詩》、《左傳》。午飯後與林君偕鄂在山中散步。

三十日　陰

讀《毛詩》、《左傳》、《金文厤朔疏證》。飯後與林君偕鄂在山中散步。

十一月初一日　陰

讀《毛詩》。下午接雲光大叔函，因未接余報告得子之信，大發振怒。報告伯母之信，亦未收到。余于得子之日即作書報告，于次日付郵，不審何故竟未收到。即作書謝罪。夜讀《金文厤朔疏證》。

初二　陰雨竟日

讀《毛詩》、《金文厤朔疏證》、《史記》、《左傳》。寫對聯兩付，並寫篆聯一付，以贈翼鵬。

初三日　陰雨

讀《毛詩》、《史記》、《金文厤朔疏證》。今日為壽如之女周歲，早飯備麵條，略點綴耳。

初四日　陰

讀《毛詩》、《左傳》、《金文厤朔疏證》。昨又接雲光大叔致瀞叔函，尚未接到（致伯母秉亦未接到）。如此月底仍未收到報告之稟，則將辭而去。並接莊、王二師書，亦未知⑤此事。作書致李士偉大夫，請其配小兒助消化藥方，即得復。

初五日　陰

讀《毛詩》、《金文厤朔疏證》、《左傳》、《史記》。作書致莊、王二師，要句云：「日來為洪喬之變，悚愧已亟，已專函謝罪云云。」寫輓聯、帳子各一，送王子壯之太夫人。

初六日　陰

讀《毛詩》、《左傳》。代瀞叔寫輓王子壯之太夫人聯一付，對子一付。

⑤「未」下原脫「知」。

初七日　陰，下午晴

早隨瀞叔偕慕賢進城，弔王子壯太夫人之喪，並在普海春飯莊定座，于十四日回請湯餅客。並在街上為益兒買魚肝油精一瓶，價六十元，可謂昂矣。並在藥房配助消化藥水一瓶，在國貨公司裁小衣料兩身，為鄂女買糖果點心多種，並往訪雲生宗長。青選送林君魚肝油精丸一瓶。早飯張萬里（時事郵報經理）在蘇州小食店請客。下午三時歸，途中亦漸冥矣。

初八日　陰，夜晴，月色甚佳

讀《毛詩》、《金文麻朔疏證》。午十二時發出警報，還即解除。

初九日　陰，微晴

讀《毛詩》、《史記》、《麻朔疏證》。午十時發出警報，即偕林君、鄂女、益兒避入防空洞中。聞機身繞頂而飛，投彈數枚，至下午三時始解除。炳南等今日已由棕嶺借居移入猗蘭別墅新屋。數月來兩地相居，耗消實多，已欠債數千元矣。今後或可少節省也。

初十日　陰

接雲光大叔十一月十日曲阜書，云連到余信三封，但終未接到九月廿六日報喜第一函耳。可怪。

讀《毛詩》、《史記》及《麻朔疏證》。炳南又改造預算來，物價人力高漲，另為每月一千柒佰廿元，今定為每月一千八百矣。

十一日　陰雨

讀《毛詩》、《史記》。寫對子。作書復雲光大叔。

十二日　陰

讀《毛詩》。

十三日　冬至

讀《毛詩》畢，始讀《儀禮注疏》，以張惠言《儀禮圖》及胡培翬《儀禮正義⑥》對讀。今日為先大姐明辰，且為冬至，擬上供數品祭先，坿奠　大姐之靈，終以疏忙，未果行。此小子之罪，非言可喻，　先人有靈，當罪我于九泉也，以後當力戒之。

十四日　微晴，夜月色甚佳

今日進城，宴請送益兒嘉禮者，計到有陳主計長藹士及山東同鄉等多人，下午五時歸。

十五日　陰，下午晴，夜雲昇

讀《儀禮》、《左傳》、《史記》。慕賢持來南洋羣島華僑所創之東光中華學校匾額求書，即寫予之。

⑥「儀」下原脫「禮正義」。

日記本

猗蘭別墅日記（一）

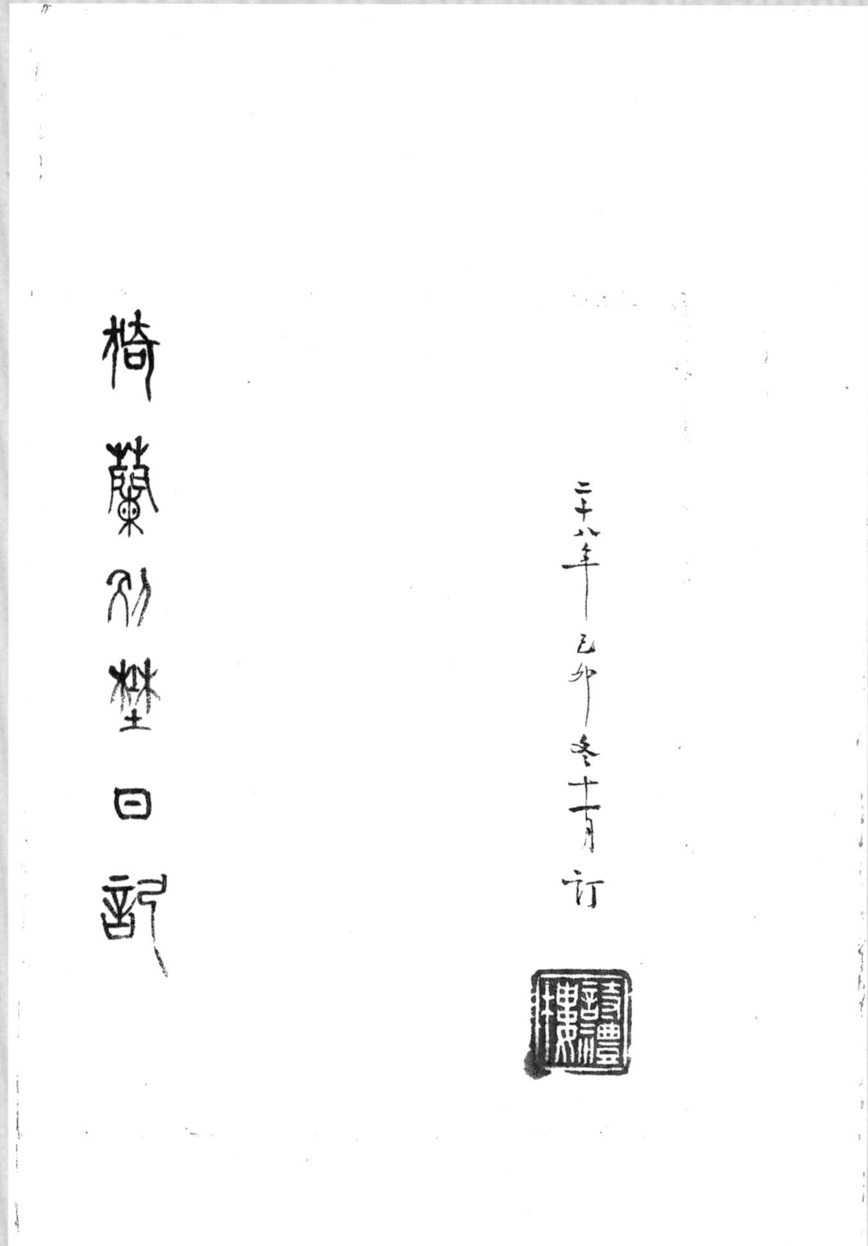

晁翁歎樂山後余借居青雲路七號 令佛
澍外父姻南墓以借居山下樓前一号
時已將近五月吳新居于前日落成遂全
部移去 令佛名之猗蘭盦取
先生猗蘭操、因前冊日記未用署
故亦未改日記之名亦於冊伊始遂
命之為猗蘭別墅日記不再以庵名
也 廿八年十一月十八日 可修識

吉十六日 晴 陽曆十二月二十七日
讀儀禮史記

已被日本所迫已停止中國運輸我外長王
寵惠特發表聲明如安南禁運中國貨
物我方決取自衛政策[redacted]抗戰到底又法德
停戰協定已簽字俟法義協定後生效

廿日　晴

讀墨子閒詁十二時發生警報至下午
~~午~~時始解除

廿一日　晴

讀墨子十
時發出警報二時解除

廿二日　晴

既移歌樂山後，余借居青雲路七號，今師、瀞叔及炳南、慕賢皆借居山下棕嶺一號，時已將近五月矣。新居于前日落成，遂全部移來，今師名之「猗蘭」，蓋取先聖〈猗蘭操〉意也。時因前冊日記尚未用畢，故亦未改題日記之名。茲新冊伊始，遂命之為〈猗蘭別墅日記〉，不再以屋名也。廿八年十一月十八日子餘識〔孔德成印〕

十一月十六日　晴　陽曆十二月二十六日

讀《儀禮》、《史記》。

十七日　晴

讀《儀禮》、《史記》。作書復伯母及三妹（前日接到其來書）。

十八日　晴

讀《儀禮》。翼鵬今日由歌樂山青年會圖書館借得《國聞週報》第四十幾期四本來，內有陳振先〈關于竹書紀年詩書春秋左傳的幾樁公案〉，其文主攷竹書，對於王靜菴諸說頗有可否，以竹書有關於《詩》、《書》、《左傳》諸事者附而論之。

十九日　晴，微陰

讀《儀禮》及陳振先書。

二十日　晴

讀《儀禮》，仍讀陳箸。

二十一日　晴

作書復雲叔、孫外舅，致伯母，復李鐵笛。讀《儀禮》，仍讀陳作。

二十二日　今日陽曆廿九年元旦

早進城，往庸之叔祖處拜年，並往丁師處、張溥泉先生處拜年，皆晤。又往戴師處、于院長、蔣院長（委座于前日就行政院長職，庸之叔祖副之）、葉副院長（在庸之叔祖處晤面）拜年，皆投刺。午在庸之叔祖處飯，飯後偕鄂女在城內稍遊，沿街車馬水龍，鑼鼓喧天，頗為熱鬧。返山已漸夜黑矣。

二十三日　晴

讀《儀禮》、《史記》、《左傳》。

二十四日　晴

讀《儀禮》、《左傳》、《史記》。接尤謝岑[1]曲阜書，云萼軒七老爺（五凝房長）于去歲陽曆十一月廿一日去世。萼軒，祥字輩，為人忠厚無能。

二十五日　晴

讀《儀禮》、《左傳》。接雲光大叔曲阜書，並云萼軒七爺逝世事。接二姐由曲阜轉寄之書，云大姐逝世情況，蓋服毒而死也。閱畢，心神交感，將曷以雪吾姐之恨也。

二十六日　晴

讀《儀禮》，至昏禮對席及室中籩豆次叙，衆說不一，當與經文細校之。

二十七日　晴

讀《儀禮》。午後，鄂女忽發熱，急請李士偉大夫來診，予以治發炎之藥及泄藥，熱度高至四十度。大夫去後，忽時作驚駭之狀。晚八時又請李大夫來診，時熱已由四十度減至三十八度，又予紅色藥餅服之，至九時許亦漸高興，穿衣下床嬉戲，並大便一次，便中如有痰等，蓋服泄藥之效。泄後精神漸好，夜晚微有驚駭，至十二時後，遂安睡至明。

二十八日　晴

鄂兒今日已大見輕，早點後仍請李大夫來診，熱已退，仍吃昨日之白藥餅，終日遊嬉。

二十九日　晴

鄂兒今日大好，午後仍請李大夫來診，熱度如常。帶嬰兒自已藥片數片來，因其昨今兩日尚未大便也。未服即大便一次，終日吃稀飯數次，並吃燒餅少許。五時許，雪南來，宿客廳中。

十二月初一日　陰

鄂兒今日已痊癒。早丁師來，飯後去。瀞叔自城歸（前日去），玉昆叔、王獻玖先生同來，飯後並為竹戰之戲。

①「尤謝岑」與「尤謝臣」當為同一人。

初二日　晴

玉昆叔及雪南、獻玖仍在此竹戲。早讀《儀禮》，晚讀《史記》，傍晚風起。

初三日　陰

今日美豐銀行總理康心如之太夫人開弔。十一時進城往弔，玉昆叔、獻玖同車返城。玉昆叔並在新來鴻招飲，飯後在街頭買物，四時歸山。晚讀《史記》。（接曲阜莊、王二師書，即復）

初四日　晴

讀《儀禮》、《史記》。作書復莊、王二師。

初五日　陰

早赴李士偉處。午飯後讀《左傳》。接雲光大叔、伯母函，並接到二姐像片一張，由三妹函中轉來。

初六日　陰

讀《儀禮》、《史記》，作書復伯母，作書致二姐，接寔甫書，即復，約其寒假中來此小住。

初七日　晴，入夜風起

讀《儀禮》、《左傳》、《史記》。接曲阜尤謝臣②書，作書復雲光大叔，作書致曲阜一貫堂七老太太，弔唁七老爺之喪。

初八日　陰，風，夜大風

讀《儀禮》、《左傳》、《史記》。早起，以臘八粥供先。

初九日　陰

讀《儀禮》、《左傳》、《史記》。接北平孫鐵君內兄書，云外舅病（肺疸）已見漸輕，即作書復之。接蔣彤雲南書、孟奉祀官賀信、壽如賀信，並贈洋廿元。

初十日　微陰，有日影

今日為鄂女二週歲，早吃麵。讀《儀禮》、《左傳》、《史記》。寫輓吳子玉將軍聯一副，文云：「以關壯繆、岳忠武作圭臬，且不屈不撓，年來壇坫折衝，卓爾英姿驚寇虜。視石敬塘、張邦昌作傀儡，而至剛至大，今後旂常銘德，浩然正氣壯山河。」文係呂師所撰。

十一日　陰

讀《儀禮》、《左傳》、《史記》。接莊心如師曲阜書云：文川已認公府，少庵亦岌岌不可終日（二人皆雲叔代管府務後所聘請者）。接寔甫書，云廿二三日可以入山，因余數函約其來此一遊也。

十二日　陰雨

作書復莊、王二師。讀《儀禮》、《左傳》、《史記》。錢穆《先秦諸子繫年》。

②或作「尤謝岑」，或作「尤謝臣」，當為同一人。

十三日　晴

早進城，林君同往，在巴黎理髮，在新來鴻早餐，並在利泰吃咖啡。二時赴銀行公會，參加吳子玉追悼會，由丁鼎丞師主祭（會中發起人為丁、孔、于右任、居正、何應欽、葉楚傖、王法勤、洪蘭友）參加人甚多。委座亦親臨參祭，並親至③吳將軍像前一鞠躬，情甚哀悼，並親書一「義」字，下題蔣中正贈。追悼會後，山東同鄉亦舉行公祭，散會時已三時許矣。並到青選處，將在香港帶來之魚肝油精丸及吃乳乳頭帶回。熊觀民丈亦同來山小住。

十四日　陰，雪竟日

讀《儀禮》，寫對子兩副。川地少雪，山中乍降，頗開人心胸。入夜已積寸許。熊丈觀民仍宿此。

十五日　大雪竟日

山中早起，雪景更佳，獅子、兔兒諸峰，皆被銀衣，松枝屋頂，皆積寸許。早點後，林君親采雪烹茶，味不佳，蓋水新故耳。室中圍爐，窗外雪飄，入夜讀畢，推窗遠眺，雪色與夜色相映，大地皆入孤寞。吟崔途「亂山殘雪夜，孤燭異鄉人」之詩，不禁慨嘆久之，並書兩條分贈炳南、慕賢兩兄。讀《儀禮》、《史記》、《先秦諸子繫年》。熊丈觀民仍留墅中。

十六日　陰

熊丈觀民返寓。讀《儀禮》、《先秦諸子繫年》、《史記》。王獻玖昨日由萬縣接眷來山，暫住雲頂寺內，飯後往訪。昨書致王實甫。

十七日　晴早冰寸許

讀《儀禮》。和炳南〈蘭墅雪夜宴集詩〉一首：「殘臘北風冷，門前雪已深。山空無犬吠，寺靜有鐘音。快聚故人意，高談說我心。夜寒初宴罷，餘酒尚沾襟。」數月來未常作詩，乍為之，幾不成章矣。

十八日　下午微霰，時有日光，夜，月色甚佳

讀《儀禮》、《先秦諸子繫年》。夜燈下讀《史記》。接孟毅生成都信一封，即復。接孔德高（西五府慧仲叔之少君）安徽阜陽函、西安函，彼係在山東工作，新回後方者，索款，寄以二十元。

十九日　陰

讀《儀禮》、《先秦諸子繫年》、《史記》。接王寔甫信云，三四日後可以登山。

二十日　晴

早九時許，偕林君、炳南、慕賢進城買過年應用禮品及食物等。十二時踐孟範之約，肴饌甚精，所烹熊蹯尤佳。在座有青選夫婦、益民夫婦，梁邕庭副處長（中央銀行稽核處副處長）曾麗川諸先生及主人夫婦。三時席散，在城內買物而歸。

二十一日　陰

讀《儀禮》、《史記》。實甫來宿此（收到雲叔、王、莊二師、伯母、三妹曲阜書）。

③「至」字原作「致」。

二十二日　晴

早點後，與實甫遊林主席歌樂山館看梅花，飯後去。實甫借來《中央研究院歷史語言研究所田野攷古報告》第一冊（作復昨日四信）

二十三日　陰

讀《儀禮》、《史記》。炳南、慕賢自城返，買回過年諸物，並送李士偉大夫年禮一份，送李映元、張秀三年禮一份，夜以糖果祀竈。

二十四日　陰雨

讀《儀禮》、《史記》、《左傳》。林君今日身熱不舒，請李士偉大夫來診，服藥，晚已見輕。寫對聯一付，條兩幅。

二十五日　早夜雪，早陰，午後晴，夜陰

讀《儀禮》、《左傳》、《史記》。林君仍未痊癒，李大夫來診。

二十六日　陰

讀《儀禮》、《左傳》、《史記》。接雲叔、莊、王二師曲阜信。傷風咳嗽。

二十七日　陰

讀《儀禮》、《左傳》、《史記》。寫對聯兩付，匾一方。

二十八日　陰

讀《儀禮》。下午赴香孫處閒談，又赴高店子理髮。作書復莊、王二師、雪光叔，並稟伯母賀年。與炳南對弈數局。

二十九日　陰

讀《儀禮》。寫對聯三付。下午與炳南、翼鵬對弈數局。夜與翼鵬閒談。家中預備過年諸事。作書致孫鐵君內兄，並賀　太外姑壽辰（五月一日）。接李稽核書（現居上海養病），即復。

三十日　晴

終日忙歲事。下午與呂師、炳兄閒談，夜與林君、壽嫂、慕賢作竹城戲守歲，至夜三時始散。以餃子敬　先，祭後共食，少息遂寢。

丙辰正月初一日　陽曆二月八日早晴下午陰

早敬　先，與林君、壽嫂出遊。午飯後與瀞叔、炳南、慕賢作竹城戲，夜十二時始散。

二日　陰

早起敬　先。下午與林君、壽嫂、炳南竹戲。作書致二姐天津。接雪光叔曲阜書。

三日　陰

早起敬　先。下午邀李士偉來竹戲，晚在此用飯。讀《諸子繫年》。

四日　陰
今日為予生日。早敬　先，晚翼、炳、慕三兄饋酒席一桌，香孫來。（作復致雪叔）
五日　陰
讀《儀禮》。早敬　先。佩卿等去。讀《左傳》，夜讀《史記》。
六日　晴　夜，月色甚佳
今日益兒百歲，蒸百歲糕供　先。讀《儀禮》，下午讀《左傳》，夜讀《史記》。
七日　晴，月夜散步松林間，頗有春意，始聞山鳥鳴
早供　先。讀《儀禮》，飯後讀《先秦諸子繫年》，讀《左傳》，夜讀《史記》。寫對子兩付。
八日　上午陰，下午晴
早供　先。讀《儀禮》、《左傳》、《先秦諸子繫年》。作書致實甫。德埴放春假，自校歸。
九日　晴
早供　先。讀《儀禮》、《左傳》。下午與德埴竹戲。
十日　晴
佩卿叔及香孫約在城內，新來鴻午餐，早偕林君、鄂兒進城理髮沐浴，並在街頭買物。下午六時歸。觀民丈來。

十一日　晴

早香孫與黃君孚亭在此清唱。下午去。覲丈為予寫扇一面，晚與埴弟擲升官圖。

十二日　晴

讀《儀禮》。午邀覲民丈及今師、瀞叔赴高店子飲樂飯店小酌，肴饌頗精美，飯後赴龍洞灣小遊，並攝影數幀。夜與覲丈閒談。

十三日　陰微雨

讀《儀禮》。覲民丈去。午飯偕林君及壽如太太赴飲樂飯店小酌，飯後冒雨歸。讀《諸子繫年》，夜讀《史記》。接二姐天津書，云款已收到三百元，不日即移回北平，即復。接孫鐵君內兄兩書。

十四日　陰

讀《儀禮》。下午擲升官圖。讀《左傳》及《諸子繫年》。夜與林君為牙牌之戲。

十五日　陰

讀《儀禮》。鼎丞師來，飯後去。下午與德埴弟竹戲，柯定礎先生來訪，繪墨梅一副予炳南，余代謝之。早晚供　先。

十六日　晴

讀《儀禮》。上午與瀞叔等畫蘭，吃飲樂飯店，飯後三時歸。讀《諸子繫年》，夜讀《史記》。

十七日　晴
讀《儀禮》。下午讀《諸子繫年》、《左傳》，夜讀《史記》。報載天主教羅馬教皇准其教徒在中國得供奉孔子。
十八日　晴
讀《儀禮》。飯後與林君、壽嫂出遊。後讀《左傳》，夜讀《史記》。
十九日　晴，晚陰，夜雷雨
讀《儀禮》。午飯壽如夫人邀赴飲樂飯店小酌。後赴車站閒遊。歸讀《左傳》。仲舒來，宿此。夜讀《史記》。
二十日　陰雨
讀《儀禮》。飯後與仲舒等竹戲。
二十一日　早夜雨，陰，竟日雨
先母　王太夫人忌辰。讀《儀禮》、《左傳》、《史記》。作書致二姐，接雲叔、伯母曲阜書，云少雲宗長于正月五日仙逝。老成凋謝，令人哀悼。
二十二日　陰
讀《儀禮》。下午讀《左傳》，夜讀《史記》。接熊丈觀民寄來所藏印章打本一冊。即作書致謝。

二十三日　陰

仲舒去。早，炳南在汽車站三友園飯館為之送行。飯後歸，讀《儀禮》。接王老師書，云春亭師少感不適，即作書致候。接其敏叔函，即復。作書復伯母、復雪叔。

二十四日　陰

讀《儀禮》。下午寫對聯兩付。讀劉節《洪範疏證》。夜讀《史記》

二十五日　陰

讀《儀禮》。下午讀劉節《洪範疏證》。

二十六日　陰

孔公偉、孔慶熊在城內大三元酒家招飲，赴之。飯後並在雪懷照相以作紀念。午後四時歸。接曲阜雪叔、莊、王二師書，莊師病已見痊。接湘菴信，為代贖北門外地事。

二十七日　晴

讀《儀禮》。午飯赴三友園小酌。飯後在野間散步，菜黃李白，間以數點桃紅，處處春色，艷冶可人。歸時夕陽已將西下。夜讀《史記》。

二十八日　晴

讀《儀禮》。下午讀《左傳》，夜讀《史記》。昨書致二姐、孫鐵君內兄北平書。

二十九日　晴
掃除書室，在簷下負日讀書。午後李士偉大夫來攝影。讀《儀禮》，夜讀《史記》。
三十日　陰
讀《儀禮》。午飯赴三友園吃鍋貼。飯後歸。讀《儀禮》。瀞叔自城回，將觀丈日前在此所照相片洗來。夜與瀞叔閒談。
二月一日　陰
讀《儀禮》。下午士勸叔祖來。讀《胡適文集》，夜讀《史記》。
二月二日　晴
讀《儀禮》。飯後寫對子。夜讀《史記》。
三日　晴
讀《儀禮》。曬衣服、箱子等物。德埴弟來，飯後作竹戲。
四日　晴
早飯慕賢邀往三友園小酌。歸後讀《左傳》。夜與德埴弟、慕賢竹戲。（作復致雪叔、王師為大莊地事。復莊老師。）
五日　晴煖

讀《儀禮》。飯後赴雲頂寺看桃花相片，知山中風景絕佳。歸後小睡。起讀《儀禮》、《左傳》。夜作書致鐵君內兄、致熊文觀民，寄相片。

六日　晴
讀《儀禮》。接雲光大叔信，為湘菴代贖地事，已力卻之。晚讀《史記》。

七日　陰雨
讀《儀禮》。飯後閱梁園東〈商人自契至湯八遷重攷與商民族興于東土駁議〉，係駁王靜菴之作，頗有見到處。夜讀《史記》。

八日　陰雨竟日
讀《儀禮》，讀《左傳》，夜讀《史記》。接雲光大叔信。

九日　陰
報載蘇、芬戰已停止，雙方進行和議條約。讀《儀禮》。飯後與林君赴青年會，借得《東方雜誌》二冊（二十六卷八、九兩號）。閱杜衎的《詩書時代的社會變革與其思想上的反映》。夜書室中有巨鼠，飭男女僕盡力撲之始得，費時已兩小時餘矣。（復雲光大叔書，後復湘菴，拒其代贖北門外地。）

十日　陰冷
讀《儀禮》，飯後讀《左傳》，晚讀《史記》、《胡適文抄集二》。

十一日　陰
讀《儀禮》。午後與林君出門散步，夜讀《史記》。
十二日　陰
讀《儀禮》。午飯往飲樂飯店小酌，飯後理髮。歸來讀《左傳》。
十三日　陰雨，寒
讀《儀禮》。日來天暖如春，陰雨乍寒，嚴如冬日。夜讀《史記》。
十四日　陰雨
讀《儀禮》。下午寫對子三付。讀《左傳》，晚讀《史記》。
十五日　陰
讀《儀禮》。雪南來、于範亭先生來。
十六日　陰
讀《儀禮》。雪南仍在此，範老去。
十七日　陰
讀《儀禮》，飯後讀胡適《中國哲學史大綱》。夜與雪南閒話。

十八日　陰雨
讀《儀禮》，下午讀《左傳》，晚讀《史記》，雪南仍在此。
十九日　陰
讀《儀禮》。雪南仍宿此。
二十日　陰
李仙洲請客，早進城。並在街頭買物，下午歸。雪南去。
二十一日　上午晴，下午陰
讀《儀禮》。寫對聯兩付。作書致二姊。夜讀《史記》。
二十二日　晴暖
先母陶太夫人忌辰，早上供。讀《儀禮》。德埴弟自校歸。
二十三日　陰
讀《儀禮》，下午與德埴弟小飲。夜讀《左傳》。
二十四日　陰，下午雨
讀《儀禮》，夜讀《左傳》。

二十五日　陰，下午晴，大風
讀《儀禮》、《左傳》，夜讀《史記》。
二十六日　晴
讀《儀禮》、《左傳》，夜讀《史記》。
二十七日　晴
讀《儀禮》、《左傳》，夜讀《史記》。
二十八日　晴
讀《左傳》、《儀禮》。接莊、王二師及雪叔曲阜書，二姐北平書。夜復二姐書，函曲阜家中，寄其四百元。
二十九日　陰，微雨
讀《儀禮》。《史記》今日閱畢。夜讀《左傳》。
三十日　晴
讀《儀禮》、《漢書》，夜臥讀《左傳》。
三月初一日　晴，夜雨
宋哲元逝世于緜陽旅邸中，即發一唁電，電其夫人及公子。讀《儀禮》。在青年會圖書館借

得《東方雜誌》、梁任公《清代學者之整理舊學之總成績》並陳獨秀〈實菴字說〉歸。在燈下讀之。(作復致雲叔,復莊、王二師)

初二日　陰雨

讀《儀禮》。飯後讀梁作畢,閱《漢書》。夜讀《左傳》。

初三日　晴

讀《儀禮》。飯後赴青年會圖書館,讀任公〈顏李學派與現代教育思潮[4]〉。讀《左傳》,夜讀《漢書》。

初四日　晴

讀《儀禮》。飯後仍同林君偕鄂兒出遊(近中每日天晴必出一遊為定例)。夜讀《左傳》。午後黃桴庭先生(滕縣人)同居覺生院長之公子、女公子來山,在此小憩(黃在居宅授讀)。

初五日　晴

讀《儀禮》、《左傳》、《史記》。

初六日　陰雨

讀《儀禮》、《漢書》、《左傳》。寫對聯兩付。接曲阜莊、王二師書、三妹書,並詩二紙。

④「學」下原脫「派與現代教育思潮」。

初七日　陰
讀《儀禮》、吳其昌《朱子之根本精神——即物窮理》。夜讀《左傳》。
初八日　陰
讀《儀禮》、《左傳》、《漢書》。
初九日　晴
讀《儀禮》、《漢書》、《左傳》。
初十日　晴
進城。瀞菴二叔今日將行李移至城中，將赴鄭州迎家眷。午在聚豐園小餐，肴饌甚佳，而價甚廉。飯後在街買物，三時往孔公館謁庸之叔祖母，談半時許，辭出。後即新昌賓館與趙翼生閒談。五時歸。
十一日　晴煖甚
讀《儀禮》、《漢書》、《龜甲文字概論》。
十二日　陰雨，夜更大
讀《儀禮》、《漢書》、《左傳》。作書復伯母。致孫鐵君內兄書。
十三日　晴

今午在城宴山東省參議員，下午歸。

十四日　晴

今日孔學會在本山　林主席別墅開籌備會，由　庸之叔祖主席，會後聚餐，陳藹士先生來訪。

十五日　晴

讀《儀禮》。十二時，呂師邀瀞叔赴飲樂小飲。至半山，聞警報，乃歸。至下午三時始解除，始吃午飯。下午又赴，又踐午飯之約，飯未，又警報，遂返，直至午夜十一時半始解除。飯後遂寢。

十六日　晴

夜少睡，午飯後閱《金文曆朔疏證》。

十七日　晴

讀《儀禮》。札記金文、吳作。讀《左傳》。午夜十一時發出警報，至三時始解除。用點心，就睡。接伯母書。

十八日　晴

早六時又發警報，至八時解除，終日不快。讀《西廂》。

十九日　陰

林君生日，翼鵬、炳南、慕賢送酒席一桌。早供先，晚備酒席一桌。今日讀《左傳》畢。

二十日　陰

讀《儀禮》。張嫗今日病甚，送往寬仁醫院住院診治。讀《漢書》，晚讀《老子》。（接靈叔、五叔書）

二十一日　陰

讀《儀禮》。早飯壽如太太邀往飲樂小飲。歸後讀《漢書》。

二十二日　晴

讀《儀禮》。獻唐來（圖書館自遷出後即在嘉定）宿此。夜與獻唐閒談。復靈叔、五叔書。

二十三日　晴

讀《儀禮》。午邀獻唐在飲樂小酌，晚香孫在飲樂招飲，飯後秉燭歸。

二十四日　晴熱

讀《儀禮》。飯後曝日看書。讀《漢書》，夜讀《老子》。

二十五日　晴熱

讀《儀禮》。午後熱更甚，讀《漢書》。作書復伯母，入夜大雷雨。

二十六日　陰雨，乍涼

讀《儀禮》。飯後列西周一代關于淮夷反叛表。讀《漢書》。

二十七日　陰雨，涼甚，可棉衣

讀《儀禮》。日來收集關于淮夷材料，擬作一〈淮夷攷〉。作書致二姐，致孫鐵君，賀孫德符外舅⑤壽。讀《漢書》。

二十八日　晴

讀《儀禮》，午後讀《漢書》。

二十九日　晴

昨接　瀞叔城信，云欲往上海匯一千五百元，非托中央銀行撥兌不可。余即擬進城面與行中主持人面商，後因羅子文請病假，不先進城，遂偕炳南赴沙坪壩購書，下午四時歸。

四月初一日　晴

宋筱川來，早留在此用飯。下午讀《漢書》。（接二姐天津書，云將移居平寓，即昨復）

初二日　陰

讀《儀禮》。列金文中有關于淮夷事表。讀《漢書》。作書致寔甫。

初三日　晴

讀《儀禮》。仍收集淮夷材料。讀《漢書》。

⑤「舅」字原作「咎」。

初四日　陰雨
讀《儀禮》，仍收集淮夷材料。（接雲光大叔曲阜書）
初五日　陰雨，下午晴，夜雨
讀《儀禮》。飯後張溥泉偕其夫人來訪。讀《漢書》，寫對聯，復雲叔信。
初六日　微晴
讀《儀禮》。偕林君及鄂兒赴磁器口買物。下午三時歸。讀《漢書》。
初七日　晴熱
讀《儀禮》。下午讀《漢書》。接雲光叔信。
初八日　晴熱
讀《儀禮》。瀞叔自城歸。仍收集淮夷材料。
初九日　晴
讀《儀禮》、《漢書》。收集淮夷材料。
初十日　陰雨，涼
讀《儀禮》、《漢書》，收集淮夷料材。

十一日 陰雨

讀《儀禮》，仍收集淮夷材料。作書致二姐。

十二日 晴

讀《儀禮》。黃桴庭先生來，予益兒攝影。晚六時警報，至下二時半始解除。

十三日 晴

讀《儀禮》。黃桴庭又予益兒攝三照片。下午去。至晚六時又發出警報，至夜十二時半始解除。收集淮夷材料。

十四日 晴

讀《儀禮》。下午仍收集關于淮夷材料。讀《漢書》，晚警報，至十二時半解除。

十五日 晴

早九時警報。今日報載，昨夜將敵機在梁山擊落七架。下午往訪子壯。夜十時又發警報，至早三時始解除。五時就睡。

十六日 晴

早九時警報，至十二時始解除。下午睡，起讀《漢書》。

十七日　晴，陰雨
讀《儀禮》、《漢書》、《墨子》。
十八日　陰
讀《儀禮》、《漢書》、《墨子》。
十九日　陰雨
讀《儀禮》。何冰如來，飯後去。讀《漢書》、《墨子》。
二十日　晴
讀《儀禮》。早十二時許發出警報，至下午四時始解除。讀《墨子》。
二十一日　晴
讀《社會學大綱》。十時發出警報，至下午四時始解除。夜鄂女不安睡，起來玩至四時始睡。
二十二日　晴
讀《儀禮》。發莊、王二師書。十時發出警報，至下午四時始解除。
二十三日　晴
讀《儀禮》。早九時發出警報，至下午三時始解除。連日重慶及化龍橋、小龍壩、沙坪壩、磁器口均遭重轟炸。讀《漢書》、《墨子》。

二十四日　晴　五月卅日（陽）

讀《儀禮》。上午十時警報，至下午二時解除。（發雲叔信，為賞陳人大半款五十元事。王老師書為老賈生活費事，請飭老賈面懇一叔，俟一叔來書後，再行辦理）。

二十五日　陰

讀《儀禮》。作書致孫鐵君內兄，賀外姑大人壽，接靈叔叔曲阜書。讀《哲學史大綱》及《漢書》。

二十六日　晴

讀《儀禮》、《哲學史大綱》、《漢書》。接莊、王二師曲阜書。

二十七日　晴

讀《哲學史大綱》。曾養甫來訪，下午並邀茶話。

二十八日　晴

讀《儀禮》、《哲學史大綱》。作〈自土徂漆說〉一篇，作書致王實甫、孟毅生。

二十九日　陰

讀《儀禮》。作書致孫鐵君內兄、王實甫先生、復莊、王二師書，並寄益兒照片，致三妹書，寄鄂、益照片。讀《墨子》。

三十日　陰

讀《儀禮》。

五月初一日　微晴

讀《儀禮》。十一時警報，至下午三時始解除。讀《哲學史大綱》。

初二日　陰

讀《儀禮》、《哲學史大綱》。

初三日　陰

讀《哲學史大綱》。

初四日　陰，微雨

讀《儀禮》。十一時發出警報，至一時許解除。晚曾養甫在寓招飲，十一時歸。

初五日　晴微陰

讀《儀禮》。十一時半發出警報，至三時始解除。讀《哲學史大綱》。作書致二姐，早吃粽子，供　先。

初六日　晴

讀《儀禮》。十一時發出警報，至下午三時解。連日城內被炸甚⑥，聞前住之新邨亦遭慘炸矣。讀《哲學史大綱》。連日前方大戰，張自忠殉職棗陽方家集，聞沙市已陷敵手，其目的在取宜昌。而歐戰（自今年春間爆發）方面，德軍已亡比、荷、挪三國，而進逼巴黎矣。

初七日　晴

讀《儀禮》。下午邀曾養甫及其夫人及馮太太、李士偉先生、李太太在寓小酌。晚九時始散。（接雲光大叔信）

初八日　陰雨

讀《儀禮》。青選攜其男女公子來山暫避。城中日來被敵機所炸，大部皆成灰燼矣。

初九日　陰

讀《儀禮》、《漢書》、《墨子》。接靈叔叔曲阜書，即復。接二姐北平書云，所寄之款四百元已收到（由曲阜寄余），孫鐵君內兄北平書。

初十日　晴

讀《儀禮》。青選及其夫人來，並將其大公子帶來，寓客室中。下午五時始去。

十一日　晴

書對聯。

⑥「甚」字下衍「炸」。

十二日　晴

下午六時發出警報，青選來，警報解除後去。讀《儀禮》、《墨子閒詁》。

十三日　陰，微雨

讀《儀禮》。報載法國已與德方宣佈停戰（德軍前日攻下巴黎）。英方云，當繼續抗德。我軍前日宜昌失守，今日取回宜昌。接二姐北平書，即作復。讀《墨子》。

十四日　晴，微陰

讀《儀禮》、《漢書》、《墨子》。報載法今日又宣布對德作戰，因彼方和議條件太苛刻也。

十五日　晴

讀《儀禮》。下午玉昆叔來。

十六日　晴

讀《儀禮》、《墨子》。（我軍取回沙市）

十七日　晴

佩卿叔來。下午余邀其在飲樂飯店小酌。

十八日　晴

讀《儀禮》。潹叔眷屬由曲抵此（係由上海抵海防，由昆明抵渝）云家中尚平安。

十九日　晴
終日招應客，未能讀書。青選來，下午一時許警報，六時解除後去。報載安南已被日本所迫，已停止中國運輸，我外長王寵惠特發表聲明，如安南禁運中國貨物，我方決取自衛政策抗戰到底。又德、法停戰協定已簽字，俟法、義協定後有效。
廿日　晴
讀《墨子閒詁》。十二時發出警報，至下午五時始解除。
廿一日　晴
讀《墨子》。十一時發出警報，二時解除。
廿二日　晴
讀《墨子閒詁》。十一時發出警報，至二時解除。青選來，解除後去。邢仲采先生來此，寓青年會，五時往訪，並邀往飲樂小飲。歸途漸黃昏矣，天氣熱甚。
廿三日　晴
讀《墨子》。十二時警報，二時解除。讀《墨經》。
廿四日　晴
讀《墨子》。十二時警報，二時解除。天氣熱甚。

日記本

實事求是齋日記

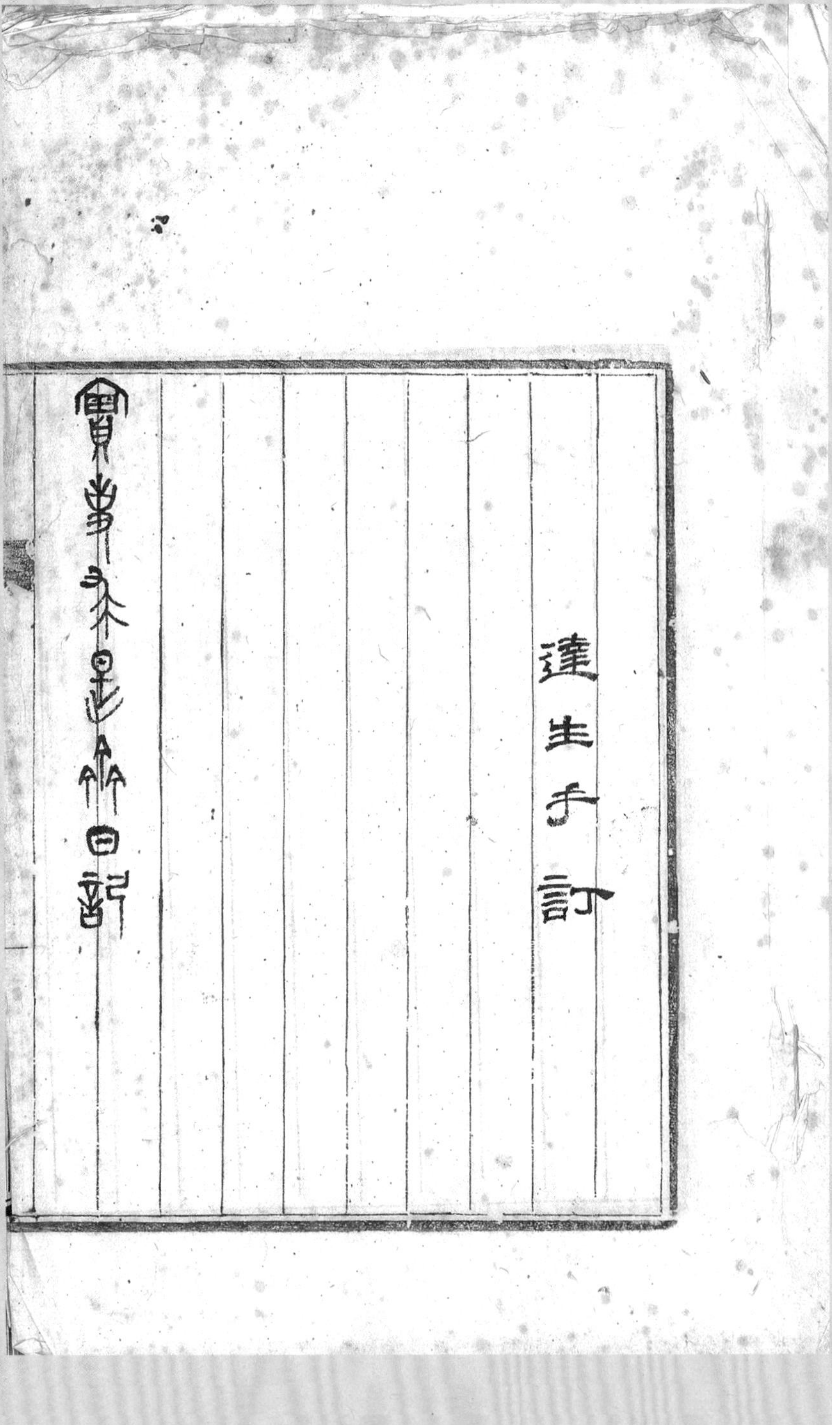

余兄移蘭墅著書齋日寔事求是取法何向

魏王語也

五月二十五日 陰雨下午散晴晚雲

讀儀禮國語作書致雲岑大姊 方伯母

報告衛嬸搬遷事

二十六日 雲雨

讀儀禮國語日來為人所挽迫為能法事

人以我不能擺拒而我寔乃若中耳

二十七日 陰

往訪呂著青晤著青招飲坐有李培基也

九月一日　陰雨

讀儀礼遂書荀子作書復伯母

二日　陰

讀儀礼仲釆邀赴有正味齋小歛報載德義日又結同盟，敵方軍已由海防（陸）法方（貝常正府）允敵假道侵華，并在東北區借予空軍根據地三所，昆明昨日被炸甚慘，繁華區盡（付）赴一炬。

三日　陰，散有日影

相乒吉耳接見我任英大使郭泰祺允開方滇緬路（該路係為英方封鎖）美卿赫尔説明美決援助中國

六日晴

讀儀礼長沙古物聞見記十二時警报敵機在市郊投彈後旋即解除青選来

七日陰微雨

与獻唐仲釆相談竟日戡夫晚宿舍

八日陰微雨

余既移「蘭墅」，署書齋曰「寔事求是」，取河間獻王語也。

五月二十五日　陰雨，下午微晴，晚陰

讀《儀禮》、《國語》。作書致雲光大叔與伯母，報告瀞嬸抵此事。

二十六日　陰雨

讀《儀禮》、《國語》。日來為人所擾，迫為非法事，人以我不能推託，而我寔有苦衷[1]耳。

二十七日　陰

往訪呂箸青，晚箸青招飲，坐有李培基先生（銓敘部長）、彭漢懷先生（湖南銓敘處長）等等，李先生精鑑賞，彭先生善書畫篆刻，相談甚快，肴饌甚精，酒茶烟並佳，席上親為五絕，至夜十一時始散。

廿八日　微晴，下午陰雨，旋止；夜，電光仍然

讀《儀禮》、《國語》、《墨子》。

廿九日　晴，下午微陰，旋即晴

讀《儀禮》、《國語》。

六月一日　晴

讀《儀禮》、《國語》、《墨子》。十一時發出警報，至下午四時解除。青選來，解除後去。

二日　陰

讀《儀禮》、《國語》、《墨子》。作書致二姐。

三日　晴

讀《儀禮》。青選來，同往訪呂箸卿。讀《國語》。

四日　晴

早十時發出警報，至下午三時始解除。同瀞叔往訪丁鼎丞師，七時歸。接雲光大書曲阜書。

讀《墨子》。熱甚，夜汗流不止。

五日　晴

早十時發出警報，至下午二時解除。讀《國語》。今日瀞叔家眷，移往北碚。

六日　晴，晚陰，大雨，旋止，星出，又陰

讀《儀禮》、《國語》、《墨子》。接伯母曲阜書。十時發出警報，下午一時解除。

七日　晴

讀《儀禮》、《墨子》。仲采同文齊來，同赴飲樂小酌。

①「衷」字原作「中」。

八日　晴

讀《儀禮》、《國語》。晚邀仲采及李文齊先生同赴飲樂小酌。

九日　晴甚熱

讀《國語》。與慶堂師奕戲（接莊、王二師書，伯母及三叔書）。

十日　晴

讀《儀禮》。下午赴華岩寺看房子，天熱，路難疲勞不堪。居覺生院長留點，日下而歸。復莊、王二師書。

十一日　晴

讀《儀禮》、《國語》、《墨子》。接王老師由曲寄來之法帖並書信與莊師信（兩信在昨日所復之信以前所發者）。

十二日　晴下午陰雨涼爽宜人

熱甚，不得讀書。下午警報，入洞中。閱《國語》數葉。

十三日　陰

讀《儀禮》、《國語》。

十四日　陰

讀《儀禮》、《國語》。下午往訪陳國梁，不遇。復雲光大叔信、伯母信，莊、王二師信。

十五日 陰

讀《儀禮》、《國語》。仲采邀陳國梁小飲，招余作陪。晚來頗有雨意。

十六日 陰

讀《儀禮》、《國語》。晚邀陳國梁小飲，夜冒雨而歸。

十七 陰

讀《國語》。

十八日 陰

讀《儀禮》、梁任公《中國學術思想變遷史》。接雲光大叔七月九日曲阜書（即六月三日陰曆）。靈叔、其敏兩叔曲阜書、二姐北平書。

十九日 陰

讀《儀禮》、《漢書》、《墨子》。

二十日 陰

讀《儀禮》、《漢書》。下午羅北辰請客，歸時已十時矣。復二姐書。

二十一日　陰雨竟日

讀《儀禮》、《漢書》、《墨子》。作復雲叔、王老師。

二十二日　陰雨，下午微晴，旋陰

讀《儀禮》、《漢書》、《墨子》。

二十三日　陰，下午晴

讀《儀禮》、《漢書》、《墨子》。

二十四　陰

讀《墨子》。觀民丈來，旋去。十二時發警報，至三時半解除。

二十五日　陰

讀《儀禮》、《漢書》、《墨子》。下午偕鄂兒赴飲禾吃飯，路遇香孫，邀之同往。晚大雨，偺滑竿歸。

二十六日　晴陰

讀《儀禮》、《墨子》。

二十七日　晴

讀《儀禮》。青選、國梁來。十二時半警報至下午四時解除。

二十八日　晴陰

讀《儀禮》。接二姐孫鐵君北平書、王老師、伯母曲阜書。

二十九日　晴

早九時赴青年暑期訓練班演講，題為「自土沮漆解」，此文係余春間所寫。國梁邀往三友園小酌。十二時警報，至三時解除，青選來。

三十日　晴

讀《儀禮》、《漢書》。青年會蕭先生邀赴三友園小酌。

七月[2]初一日　陰，夜晴

讀《儀禮》、《漢書》、《莊子》。作書復雲叔、伯母，致王老師曲阜、復二姐鐵君北平。

初二日　晴，時時陰

讀《儀禮》、《漢書》、《莊子》。獻玖來。

初三日　晴

讀《儀禮》、《漢書》、《莊子》、《三民主義》。接雲光大叔曲阜書、瀞菴叔由北碚抵此。

②「七」字原作「八」。

初四日　晴
讀《儀禮》、《三民主義》、《胡適論學近著》。
初五日　晴
讀《儀禮》。青選[③]來。
初六日　晴
讀《儀禮》、《胡適論學近著》。
初七日　晴，時陰
讀《儀禮》、《三民主義》、《莊子》。
初八日晴
讀《儀禮》。李稽核、任暢九來，相談竟日。晚約赴飲禾小酌，至九時始去，余散步歸。
初九日　晴
讀《儀禮》、《漢書》、《三民主義》。
初十日　晴
讀《儀禮》、《三民主義》、《漢書》。復雲光大叔信。

十一日　晴陰
讀《儀禮》、《三民主義》、《莊子》。
十二日　晴微陰
讀《儀禮》、《三民主義》、《莊子》。
十三日　晴
讀《儀禮》、《胡適論學近著》。
十四日　晴，夜陰雨
讀《儀禮》、《莊子》。下午警報，至四時解除。夜十時半警報，至二時解除。三時警報，五時解除。李稽核來。
十五日　晴
讀《儀禮》、《三民主義》。晚邀李稽核便酌。
十六日　晴
讀《儀禮》、《三民主義》、《莊子》。接二姐北平書。

③「選」下衍「青」字。

十七日　晴
讀《儀禮》、《三民主義》、《莊子》。青選來。復二姐書。
十八日　晴
讀《三民主義》。鼎師來。午後警報，旋即解除。鼎師去，並之近作「成臯說」、「據橫杖記」惠詒。
十九日　晴
讀《儀禮》、《三民主義》、《莊子》。接雲生書。
二十日　晴
讀《儀禮》、《三民主義》、《莊子》。十二時警報，二時解除。連日城中被炸、被燒，已成一片瓦礫矣。然我儕抗敵之心因此益增，決不因此而恢也。
二十一日　晴
讀《儀禮》。李稽核來。
二十二日　晴
讀《儀禮》。李稽核去。
二十三日　晴
讀《儀禮》。

二十四日　陰

今日　先聖誕辰。早六時赴國民政府參加紀念典禮。張溥泉、李文範兩先生分任主席與報告，並邀余致詞。余略將　先聖哲學中之「仁」與「時」、「中」述之，並將曲阜最近情形報告之，八時餘散會。赴城內遊覽一週，昔日繁華盛地，今日皆變為斷垣廢墟矣。李鐵籛先生邀赴大三元小酌。在街買物，復赴青選處小酌，座遇測民（張姓，河北鹽山人，現任二十二師師長，七七前駐節兗州），故友不晤，於今三年，天涯相逢，乍如隔世。飯後邀測民來山小住，雨窗燈下，談至深夜始睡。

二十五日　陰，時雨時止

讀《儀禮》、《莊子》。測民去。

二十六日　陰雨

讀《儀禮》、《莊子》。

二十七日　陰雨

讀《儀禮》、《莊子》。仲采來閒談。

二十八日　陰雨

讀《儀禮》、《漢書》、《莊子》。益兒午飯後發熱甚巨，請李士偉大夫來診，夜半後熱漸退。接雲光大叔及伯母曲阜書。

二十九日　陰雨

讀《儀禮》。晚箸青招飲，微醉而歸。

八月一日　陰雨

讀《儀禮》、《荀子》、《漢書》。

二日　微陰

讀《儀禮》、《荀子》。十二時發出警報，三時解除。敵機並未入侵市內。

三日　晴

讀《儀禮》、《逸周書》（朱右曾本）、《漢書》。接莊、王二師曲阜書。

四日　陰雨

讀《儀禮》、《逸周書》。復莊、王二師書。

五日　陰雨

讀《儀禮》、《逸周書》。接雲光大叔信。

六日　陰雨

讀《儀禮》、《逸周書》。復雲叔信。

七日　陰，夜有月色

讀《儀禮》、《荀子》。下午訪箸青。

八日　陰雨

讀《儀禮》、《荀子》。

九日　晴微陰

讀《儀禮》、《荀子》。

十日　微晴，下午晴

讀《儀禮》。進城為庸之叔祖賀壽，未遇。與李稽核仝赴禮泰吃咖啡。下午六時許歸，途中已昏黑，幸月色朦朧，路途分別，當甚清楚。至家已八時許矣。

十一日　晴，月色甚佳

讀《儀禮》。十二時警報，三時解除。晚九時警報，十二時解除。

十二日　晴

讀《儀禮》。十時半警報，三時解除。晚偕鄂兒赴有正味齋小吃，遇仲采等，遂與之同飲。

十三日　晴

讀《儀禮》、《荀子》。

十四日　晴

讀《儀禮》。九時警報，十一時解除；一時警報，三時許解除。

十五日　晴

讀《儀禮》竟。十一時警報，下午二時解除。晚在有正味齋邀仲采小飲。夜深，始有月色。④

十六日　晴

讀《儀禮》竟。

十七日　晴

讀《周易》、《漢書》。作書致二叔。讀《荀子》。

十八日　陰雨

讀《尚書》、《漢書》、《荀子》。

十九日　陰

讀《毛詩》、《儀禮》。寫對聯十餘付。

二十日　陰

讀《儀禮》、《漢書》、《荀子》、《老殘遊記》。

二十一日　陰

讀《儀禮》、《漢書》、《荀子》。李涵初先生招飲。

二十二日　陰

讀《儀禮》、馮友蘭《中國哲學史補》。

二十三日　陰

讀《儀禮》、《荀子》。

二十四日　陰

讀《儀禮》。獻唐來。瀞叔自北培來。

二十五日　陰

讀《儀禮》。

二十六日　陰雨

讀《儀禮》、馮友蘭《中國哲學史補》。

二十七日　陰，下午晴，夜雨

讀《長沙古物聞見記》。中午邀李部長涵初、呂著青、呂君三、孫月化諸先生在有正味齋小

④「始」字上衍「夜」。

酌，並邀仲采、獻唐作陪。飯後赴山洞丁鼎師處，歸時已夕陽西下矣。

二十八日　陰

讀《儀禮》、《漢書》、《荀子》。接伯母曲阜書。

二十九日　陰

讀《儀禮》。

九月一日　陰雨

讀《儀禮》、《漢書》、《荀子》。作書復伯母。

二日　陰

讀《儀禮》。仲采邀赴有正味齋小飲。報載德、義、日又結同盟，敵方軍已由海防登陸，法方（貝當政府）允敵假道侵華，並在東京區借予空軍根據地三所。昆明昨日被炸甚慘，繁華區盡付一炬。

三日　陰，微有日影

讀《儀禮》、《漢書》、《荀子》。一貫堂七老太太借糧，予之麥子五斗，高糧一石。作書寄家，使借予之。

四日　陰

讀《儀禮》、《漢書》、《荀子》。十時警報，未緊急，二時解除。

五日　晴

讀《儀禮》、《長沙古物見聞記》。十二時警報，未緊急，三時解除。昨日敵機襲蓉。接雲叔曲阜書。報載英首相丘吉耳接見我駐⑤英大使（郭泰祺）允開方⑥滇緬路（諸路係二月前為英方封鎖），美卿赫爾說明美決援助中國。

六日　晴

讀《儀禮》、《長沙古物見聞記》。十二時警報，敵機在市郊投彈，後旋即解除。青選來。

七日　陰，微雨

與獻唐、仲采相談竟日。獻唐晚宿此。

八日　陰，微雨

讀《儀禮》。

九日　陰

讀《儀禮》。箸青及孫藥癡先生來閒談。仲采來此晚飯。

⑤「駐」字原作「住」。
⑥「方」字疑衍。

十日　晴

讀《儀禮》。十一時警報，旋即解除。讀《漢書》。往訪孫藥癡先生。晚讀《荀子》。

十一日　陰

讀《儀禮》、《漢書》、《荀子》。

十二日　晴

讀《儀禮》、《漢書》。十二時警報，未緊急，二時解除。

十三日　陰，微有日影

讀《儀禮》、《漢書》。十二時警報，又緊急，旋即解除。

十四日　陰

讀《儀禮》、《荀子》。接魯沈主席電，即轉寄北碚。

十五日　陰雨

讀《儀禮》、《荀子》、《漢書》。

十六日　陰

讀《儀禮》、《荀子》。晚七時警報，八時緊急，八時許解除。

十七日　晴

讀《儀禮》。獻唐、仲采移居雲頂寺，送菜四味予之。

十八日　陰

讀《儀禮》。晚赴雲頂寺訪仲采、獻唐。翼鵬向余告長假，准之。朝夕相處一歲餘矣，乍然相別，感慨無已，況余之交翼鵬，翼鵬之對余，非泛泛比也。

十九日　陰

讀《儀禮》。晚炳南等宴送翼鵬，余飲多，微有醉意。接瀞叔信，云範亭太姻長於十七日去世。

二十日　陰雨

早赴北培祭于範亭太姻長。晚余設宴為翼鵬餞行。

二十一日　陰雨

翼鵬早冒雨去。讀《儀禮》、《漢書》、《荀子》。

二十二日　陰雨

讀《儀禮》、《漢書》。接二姐北平信，即復。

二十三日　陰雨

讀《儀禮》、《荀子》。

二十四日　陰

讀《儀禮》、《漢書》。往訪仲采、獻唐，獻出不遇。晚讀《荀子》。

二十五日　晴

讀《儀禮》、《漢書》。十二時警報，三時解除。敵機投彈甚多，蓋在城中及小龍坎南岸一帶。

二十六日　晴

今日維益周歲。讀《儀禮》。十二時警報，二時許解除。被炸處仍在南岸一帶。讀《漢書》，讀《荀子》。壽如太太送酒席一桌，炳南等送酒席一桌。

二十七日　陰

讀《儀禮》。作書復雲叔九月十九日（陽曆，今日陽十月二十七日）來信。作書致莊、王二師。讀《荀子》。

二十八日　晴

讀《儀禮》、《荀子》。獻唐、仲采來，留晚飯。晚飯後去。

二十九日　晴

讀《儀禮》。滯叔自北碚來。

三十日　陰

讀《儀禮》、《漢書》、《荀子》。

十月一日　微晴

讀《儀禮》、《漢書》、《荀子》。我軍昨日光復南寧、龍州，浙江克復紹興。法維琪政府元首貝當與德元首希特忒會晤後，法決賠償德伐法軍費，並聞法每日供給德軍費四萬萬佛朗，亡國之痛，可勝言哉。報載汪逆在滬病重，係日醫傳出消息，或可靠也。前日上海偽市長傅筱庵，被人暗刺傷死。下午往訪獻堂⑦、仲采。

二日　微晴

讀《儀禮》、《漢書》、《荀子》。

三日　晴

讀《儀禮》、《漢書》、《荀子》。

四日　晴

讀《儀禮》。下午赴山洞謁鼎師，訪獻堂⑧，同車歸。傅孟真先生來訪，適余出未遇。作書致雲叔，為孔祥楷在阜，撥款五十元。

五日　晴

讀《儀禮》、《漢書》、《荀子》。訪獻唐。

⑦ 獻堂當作「獻唐」。
⑧ 獻堂當作「獻唐」。

六日　晴

早六時乘車進城。獻唐昨與余約同往，仲采亦同行。抵上清寺，往訪傅孟真先生。余往青選處，獻堂⑨、仲采往訪馮述先。余本擬約獻、仲午飯，後遂先往謁庸之叔祖，適行政院會議未畢，遂出。又尋仲采及獻唐，王泊生作主。飯後又訪謁庸公，值午飯，堅邀余同飯，飯畢略談，遂辭出，時已五時餘矣，遂歸。

七日　陰

讀《儀禮》、《漢書》。黃桴庭先生來。

八日　陰雨竟日

讀《尸子》。與黃桴庭閒談。

九日　陰，早雨

讀《儀禮》、《尸子》。訪仲采、獻唐。黃桴庭先生去。

十日　陰

讀《儀禮》、《漢書》。獻唐來，同赴工業合作協會參觀其展覽會，路遇春如，約其來舍小坐。夜讀《尸子》。日人退出南寧。美總統羅斯夫三任美總統。

十一日　陰

讀《儀禮》、《漢書》。訪獻唐，借筆，寫對聯三副。讀《尸子》。

十二日 陰

讀《儀禮》、吳式芬《攈古錄金文》。

十三日 陰

讀《儀禮》、《漢書》。月餘未接家書，頗以為念。

十四日 陰

讀《儀禮》、《漢書》、《攈古錄》。

十五日 晴

讀《儀禮》、《漢書》、《尸子》。

十六日 陰

讀《儀禮》。劉子彬先生新自山東歸，來訪，宿此。訪獻唐。我軍克復欽縣（廣西）。

十七日 陰

讀《儀禮》。《尸子》讀畢。寫對聯、中堂。

十八日 陰

讀《儀禮》、《說儒》、《漢書》。炳兄致函一叔、心敏二師詢曲近況。

⑨獻堂當作「獻唐」。

十九日　陰
讀《儀禮》、《漢書》、《晏子春秋》。訪仲采、獻唐。
二十日　陰　陽曆十一月十九日
讀《儀禮》、《漢書》、《晏子春秋》。作書致香港實業銀行傅敦源先生，請其將鐵君由平寄港轉寄之《王靜菴遺集》及筆墨等寄渝。
二十一日　陰
讀《儀禮》、《漢書》。接才仙五府十一叔天津電（由中央黨部轉來），云日敵已在曲阜防山啟聖林開礦。
二十二日　陰，下午晴
讀《儀禮》、《漢書》。寫對子二付，條幅數幀。夜讀《說儒》。
二十三日　陰，下午晴
讀《儀禮》、《漢書》。夜校讀《說儒》。下午偕慕賢往訪獻唐。
二十四日　陰，下午微有日影
讀《儀禮》、《漢書》。接孫鐵君內兄北平信，即復。夜讀《說儒》。
二十五日　陰

讀《儀禮》。徐大純先生來。青選之二女公子及其親戚蔣杏春女士。今日移回城寓，在此借居，已五閱月。讀《漢書》。夜校讀《說儒》。

二十六日　晴

讀《儀禮》、《漢書》。馮述先先生來山。在仲采處相遇。夜校讀《說儒》畢。日元老西園寺公望公于昨日在真津別墅逝世，享年九十二歲。為明治維新時大臣之僅存者。

二十七日　陰，下午晴

讀《儀禮》。馮述先先生來訪，邀赴歌樂餐館便酌。下午獻唐又邀赴歌樂餐館，馮笑邢怒，王則不作一響，余身處局外，然已醉不能支，猶作中解之人，可笑可笑。

二十八日　晴

讀《儀禮》。下午往訪獻唐、馮述先先生。夜與宋筱川閒談。

二十九日　陰雨

讀《漢書》、《晏子春秋》。宋筱川仍在此，閒談。

十一月一日　晴

讀《儀禮》、《漢書》。宋筱川仍在此。下午往高店子南水田中小島上閒遊，島上李花數株，葉皆盡落。島之幽僻處，有小洞一，內石鐘乳甚多。在小島左又有較小之島，小石玲瓏，棕樹數株，殊為美麗，宛然案頭盆景，書齋清供也。

二日　晴

讀《儀禮》、《漢書》、《晏子春秋》。下午赴國史館訪獻唐，宅後有綠水一灣，兩山倒影，獻唐呼之為小西湖。宋筱川去。

三日　晴

讀《儀禮》、《漢書》、《晏子春秋》。下午一時警報，旋即緊急。敵機即竄入市空投彈，去。旋即解除。

四日　晴

讀《儀禮》、《漢書》、《晏子春秋》。理髮。

五日　陰

讀《儀禮》、《漢書》、《晏子春秋》。

六日　陰

讀《儀禮》。下午回看王獻玖先生，晚王獻玖來，留此晚飯。

七日　陰

讀《儀禮》。下午訪獻唐，在車站茶肆相遇，小坐而歸。讀《晏子春秋》。接孫鐵君內兄北平書。

八日　陰

讀《儀禮》、《漢書》、《晏子春秋》。

九日　陰

讀《儀禮》、《漢書》、《晏子春秋》。

十日　陰

早八時，赴北碚致祭張藎忱將軍及于範亭太姻長，由鼎丞師主祭，予與吳錫九先生襄祭。同鄉到約六十餘人。祭畢，在長生橋（金蘭飯店）聚餐。余與瀞庵二叔、玉昆五叔、雪南同赴碚市小餐。林君在瀞叔家便食，下午三時半歸。石友三于（陽曆）十二月四日槍決。其弟石友信于五日正法，因通敵連汪。

十一日　陰

讀《儀禮》、《漢書》。翼鵬來，中央圖書館事已成，彼擔任編纂事。

十二日　陰

翼鵬去，將赴白沙。讀《儀禮》、《漢書》。

十三日　晴　（陽）十二月十一日

讀《儀禮》。十二時警報，未緊急，一時許解除。獻唐、仲采來訪。讀《晏子》。接曲阜一叔十月十四、十一月廿日兩書、王老師廿二日書（莊老師寫字法一紙）、伯母十月十三日書、雪叔、五叔十月廿三日書、一貫堂七老太太十月廿一日書（言收到借糧食書）。

十四日　陰

讀《儀禮》、《漢書》、《晏子春秋》。復一叔、王老師書。（並復謝莊老師誨示寫字之法）

十五日　陰

讀《儀禮》、《漢書》。作書復伯母及靈叔叔。往訪獻唐。

十六日　陰

讀《儀禮》、《漢書》、《晏子春秋》。下午赴山下小遊。

十七日　晴

讀《儀禮》。壽如三嫂明日將赴洛陽（壽如兄現在洛，任重傷醫院院長職），三嫂自廿七年五月即來渝，在寓居住，屆[10]指于今二年有半，今午在三友園為之餞行。晚佩卿、三叔來，宿此。仲采夜來訪，閒談。

十八日　晴

三嫂早六時乘滑干赴磁器口。坐船進城，日內即乘汽車首途也。讀《儀禮》，下午讀《漢書》，夜讀王靜安〈殷周制度論〉。

十九日　陰，風，下午有日影

讀《儀禮》、《漢書》、〈殷周制度論〉。

二十日　陰

讀《儀禮》、《漢書》、《晏子春秋》。

二十一日　陰，下午有日影

讀《儀禮》、《漢書》。下午訪獻唐。夜讀獻唐所著〈臨淄（菑）封泥文字敘〉。

二十二日　陰

讀《儀禮》、《漢書》、《晏子春秋》。英美均借款與我國，英一千萬鎊，美一萬萬金，又五千萬美元。

二十三日　陰

讀《儀禮》，今日畢事。《儀禮注疏》閱二次矣。下午往訪獻唐，歸後讀《漢書》，夜讀《晏子春秋》。作書致令朋[11]，為其曾托為庸之院長處說項事。

二十四日　陰　冬至

校余錄《儀禮》諸節。飯後出門閒遊，歸後讀《漢書》，夜讀《晏子春秋》。

二十五日　陰，雨，甚冷

擬作〈庠序考〉，收集關于庠序制度之材料二紙。瀞叔自北碚來。蘇魯戰區總司令部駐渝辦事處處長，即貫一先生，代于總司令學忠來訪。

⑩「屆」字原作「屢」。
⑪「朋」字下衍「書」。

二十六日　陰

校閱收集諸經關于禮俗之材料。下午往訪獻唐。

二十七日　陰　下午往訪獻唐

讀《尚書》，晚讀《晏子春秋》。作書致一菴叔，為加薪事。

二十八日　陰

讀《尚書》、《漢書》、《晏子春秋》。

二十九日　陰

讀《尚書》、《漢書》。夜讀陳此生君新著之《楊朱》。

十二月初一日　晴

讀《禮記》、《漢書》、《楊朱》。玉昆叔來。

初二日　晴

讀《禮記》。

初三日　陰，下午微有日影

讀《禮記》、《漢書》。《晏子春秋》讀畢。

日記本　猗蘭別墅日記（二）

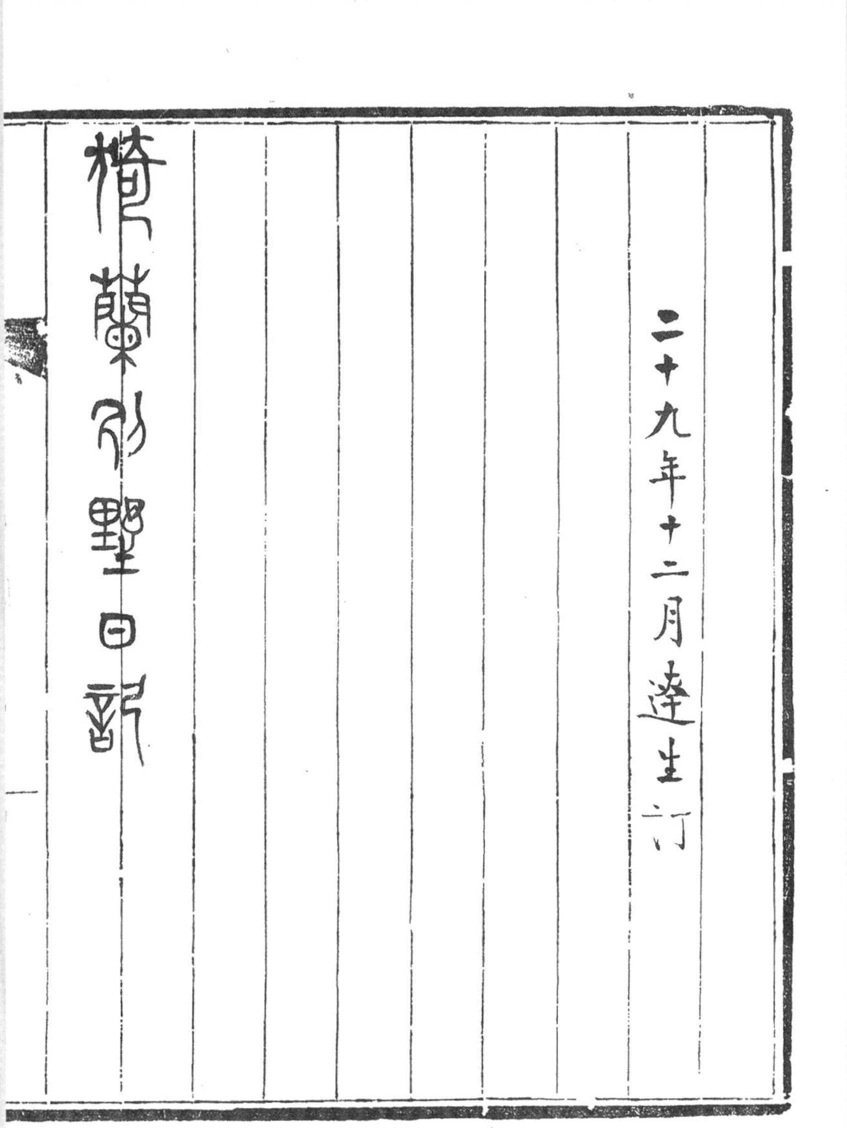
二十九年十二月逵生訂

猗蘭別墅日記

三十年一月一日（陰曆十二月初四日）星期三 晴

余往所此日記皆以陰曆紀述，事事人皆記以陽曆，殊感不便，遂亦改從陽曆，仍以陰曆附于下。

早進城，率鄂女同先赴中央黨部謁丁懸丞，歸拜年。又赴于院長、戴孝園兩處拜年，戴歸午膳不遇。又赴林主席、蔣委員長處投刺拜年。赴居公院長處拜年，并留午飯。後在街市買物。又赴傅孟真先生處拜年，少談即出，赴陳篤士先生及春如處拜年，不值。歸時又至張溥泉先生處拜年。歸

三十年一月一日　星期三　（陰曆）十二月初四日　晴

余往所作日記皆以陰曆紀，然事事人皆記以陽曆，殊感不便，遂亦改以陽曆，仍以陰曆附於下。早進城，率鄂女同行，先赴中央黨部謁丁鼎丞師拜年，又赴于院長、戴孝園師處拜年。戴師午睡不遇，又赴林主席、蔣委員長處投刺拜年。赴庸公院長處拜年，並留午飯，飯後在街頭買物，又赴傅孟真先生處拜年，少談辭出。赴陳藹士先生及春如處拜年，不值。歸時又至張溥泉先生處拜年。歸途已月色濛籠矣。

二日　晴　星期四　初五日

上午休息未讀書。下午訪獻唐，不遇。讀《漢書》，夜讀《管子》。接一菴（即雲光）叔曲阜書。

三日　晴　星期五　初六日

讀《禮記》。下午往訪獻唐。晚朱鐸民先生來訪，箸青來訪。

四日　陰　星期六　初七日

讀《禮記》。下午獻唐來，同往朱鐸民處，晚同往三友園便餐。晚歸，讀《管子》。

五日　陰　星期日　初八日

讀《禮記》。下午往訪箸青，晚劉新沃先生來宿此。接曲阜王老師、莊老師書。

六日　晴　星期一　初九日

讀《禮記》。八時半警報，旋即解除。下午下山小遊。讀《漢書》，晚讀《管子》。接伯母曲阜書。

七日　陰　星期二　初十日

讀《禮記》。今日鄂兒三周歲。早往三友園小酌，歸讀《漢書》，晚讀《管子》。

八日　晴　星期三　十一日

讀《禮記》。下午讀《漢書》，晚讀《管子》。復莊、王二師及伯母書。

九日　晴　星期四　十二日

讀《禮記》。下午訪獻唐，歸讀《漢書》。作書復雲光叔，晚讀《管子》。

十日　陰　星期五　十三日

讀《禮記》、《漢書》，晚讀《管子》。

十一日　陰　星期六　十四日

讀《禮記》、《漢書》、《管子》。

十二日　上午陰，下午晴　星期日　十五日

讀《禮記》、《漢書》、《管子》。

十三日　晴　星期一　十六日

讀《禮記》、《漢書》、《管子》。接香港實業銀行傅敦源先生函，云由北平寄來之《王忠慤公遺集》，亦付郵寄渝。

十四日　晴　星期二　十七日

讀《禮記》。十二時警報，旋即緊急，敵機在郊外投彈而去。二時半解除。同林君往青年會圖書館看書。晚飯後讀《管子》。

十五日　陰，下午晴　星期三　十八日

讀《禮記》、《漢書》，晚讀《管子》。

十六日　陰雨　星期四　十九日

讀《禮記》、《漢書》，夜讀《管子》。作書致翼鵬。

十七日　上午陰，下午晴　星期五　廿日

讀《禮記》、《漢書》，夜讀《管子》。

十八日　陰　星期六　二十一日

讀《禮記》、《漢書》，夜讀《管子》。

十九日　上午陰，下午晴，旋陰　星期日　廿二日

早同林君赴磁器口買物，下午歸。

二十日　陰　星期一　廿三日

讀《禮記》。下午往訪柯定礎先生。歸讀《漢書》，夜讀《管子》。新四軍軍長葉挺（共產黨）在蘇北、皖北、滬、京、杭一帶密秘活動共產黨，並屢次違背中央命令，于前日為第三戰區司令長官顧祝同所擒，並將新四軍解散。

二十一日　晴　星期二　廿四日

讀《禮記》。午飯後治〈喪服經傳〉，〈經〉、〈傳〉、〈記〉、〈注〉之不一致，此篇可謂極矣，人人視為大賢之傳，大儒之注者，以今日觀之，實錯誤百出，於經本文外，畫蛇添足之處甚多，不勝枚舉矣。晚讀《管子》。

二十二日　晴　星期三　廿五日

讀《禮記》。十二時警報，旋即緊急，敵機在郊外投彈而去，二時半解除。晚讀《管子》。

二十三日　陰　星期四　廿六日

讀《禮記》。下午往訪獻唐。晚，爐邊讀《吳清卿手札》。

二十四日　陰雨竟日　星期五　廿七日

讀《禮記》、《吳愙齋手札》。

二十五日　陰　小雪　星期六　廿八日

讀《禮記》，夜讀《管子》。作帖致獻唐、季光，約其明晚來此度歲。

二十六日　陰　星期日　廿九日
讀《禮記》。偕林君赴高店子買物。下午，爐旁閱閒書，家人略布值年事。獻唐、季光來，飯後去。晚買小鞭放之，早睡。
二十七日　上午陰下午晴　星期一　辛巳正月元日
早起敬　先，與林君閒談竟日。
二十八日　陰　星期二　二日
讀閒書。午，映元邀往其家小酌，又仝林君赴青年會看書。晚閱近人常乃悳《中國思想小史》。
二十九日　陰　星期三　三日
讀《中國思想小史》。青選及其女公子來，許文純先生、李漢章師長來，並約二月一日假其寓宴客。
三十日　陰　星期四　四日
今日余生日，年廿二歲矣。離家時年十八，匆匆五載，馬齒日增，百業無進步，顧影自愧，焦焠五中。早起敬　先，瀞庵、佩卿、玉昆三叔來，玉昆叔飯後去，瀞、佩二叔宿此。晚邀李士偉大夫在寓小酌。接翼鵬書，即復。
三十一日　陰　星期五　五日
讀馮友蘭《中國哲學史補》。

二月一日　陰　星期六　六日
早同林君偕鄂兒進城。十二時在青選設宴請王孟範、刁培然、張邦愚諸君，散席已三時許矣。在街頭買物，歸。
二日　晴　星期日　七日
讀《禮記》。同林君赴青年會看書。讀《漢書》。復一叔去歲十二月十二日書。
三日　晴　星期一　八日
讀《禮記》。鼎丞師來，飯後去。同林君赴青年會看書。讀《漢書》。晚讀《管子》。
四日　陰　星期二　九日
讀《禮記》。十二時警報，旋即緊急，敵機並未入市空，三時解除。讀《漢書》。
五日　晴　星期三　十日
讀《禮記》。飯後與炳南往訪獻唐，四時歸。作書復莊老師十一月十六日致今師書，並請示寫字用筆之法。晚讀《管子》。
六日　晴晚陰　星期四　十一日
讀《禮記》、《漢書》。接翼鵬白沙書。
七日　晴　星期五　十二日

美總統羅斯福特派智囊秘書居里執親函來華謁委座，並與我國進行經濟談判。
讀《禮記》、《漢書》，夜讀《管子》。

八日　晴　星期六　十三日
讀《禮記》、《漢書》，讀《管子》。

九日　陰　星期日　十四日
讀《禮記》。同林君赴青年會看書。歸讀《漢書》，夜讀《管子》。

十日　陰　星期一　十五日
讀《禮記》。偕鄂兒往青年會，並買糖果等與之。讀《漢書》，夜與炳南、慕賢出燈謎作戲以應節。接曲阜一菴叔信。

十一日　陰　星期二　十六日
讀《禮記》。飯後往訪獻唐，並借吳子苾《攈古錄金文》歸。夜讀《管子》。作書致二姐北平，致蔣彤昆明，並寄予國幣三十元。

十二日　陰　星期三　十七日
讀《禮記》。飯後讀《攈古錄》、《漢書》，夜讀《管子》。接翼鵬寄來《論語辨》一冊，即作復謝之。

十三日　夜雪，陰雨竟日　星期四　十八日

讀《禮記》畢卷。飯後讀《攈古錄》，又讀《漢書》，夜讀《管子》。接翼鵬書，即復。

十四日　陰雨　星期五　十九日

讀《詩經》。飯後讀《攈古錄金文》、《漢書》，夜讀《管子》。

十五日　陰　星期六　二十日

讀《詩經》，飯後讀《攈古錄》、《漢書》，夜讀《管子》。

十六日　陰，下午晴　星期日　二十一日

讀《詩經》。飯後赴山洞謁丁鼎丞師，五時歸。晚讀《管子》。

十七日　陰　星期一　二十二日

讀《詩經》。鍾孝光先生來訪。夜讀《管子》。

十八日　晴　星期二　二十三日

讀《詩經》，飯後往訪鍾孝光先生，不遇。赴中央醫院問候葉楚傖先生疾。歸讀《漢書》，夜讀《管子》。

十九日　晴　星期三　二十四日

讀《詩經》，飯後赴青年會觀書。讀《漢書》，夜讀《管子》。

二十日　晴　星期四　二十五日

早赴車站買物，並赴交通銀行取洋參佰元。歸讀《詩經》。在成都商務印書館購《中研院歷語所集刊》第四本第二份、第三份、第四份二冊。《鹽鐵論》今日寄來。讀《漢書》。

二十一日　晴　星期五　二十六日

讀《中研院集刊》。讀《毛詩》畢。

二十二日　陰　星期六　廿七日

讀《中央研究院歷語所集刊》。瀞庵叔自北碚來。德堅弟赴南開上學，予之學費三百元。（德堅過嗣先堂伯式如公）。獻唐來，並邀往三友園小飲。

二十三日　陰　星期日　廿八日

讀《中研院集刊》。瀞庵二叔赴城。讀《漢書》，夜讀《管子》畢。

二十四日　上午陰，下午晴，晚陰　星期一　廿九日

早偕林君及鄂兒入城，在街買物，往謁庸公院長及戴季陶院長。歸，均不值，往傅孟真先生閒談，並貽余伊近箸《性命古訓辨證》一部（兩本）。中午應孟範夫婦之約，餚饌甚精，飯畢又在街頭買物，五時歸。

二十五日　陰　星期二　三十日

讀《性命古訓辨證》。

二十六日　陰　星期三　二月初一日
讀《性命古訓辨證》。作書致二姐。
二十七日　陰雨　星期四　初二日
讀梁漱溟《東西文化及其哲學》。寫輓聯三付。
二十八日　陰　星期五　三日
讀《東西文化及其哲學》。
三月一日　陰　星期六　四日
讀《東西文化及其哲學》。
二日　陰，下午晴　星期日　五日
讀《東西文化及其哲學》。
三日　陰　星期一　六日
早同林君偕鄂、益兩兒進城，在南京照相館攝影。于範亭太姻長在實驗劇院開弔，旋往致祭。在場招應來賓，中午王泊生在一心飯店招飲。下午四時半歸。熊觀民先生同來宿此。
四日　晴　星期二　七日
與觀民先生閒談。

五日　晴　星期三　八日
觀民先生十時去。讀《東西文化及其哲學》。
六日　晴　星期四　九日
讀《東西文化及其哲學》。下午往訪獻唐。
七日　陰夜雨　星期五　十日
讀《東西文化及其哲學》。
八日　晴　星期六　十一日
讀《東西文化及其哲學》。接翼鵬重慶書，知押中央圖書館來陪都展覽，今日已返白沙矣。
九日　晴　星期日　十二日
讀《東西文化及其哲學》。
十日　上午陰，下午晴，晚陰雨　星期一　十三日
早進城，林君暨兩兒同往。中午應鼎丞師宴，到同鄉五六十人，散席時已五時矣。獻唐乘車歸。
十一日　陰　星期二　十四日
讀《東西文化及其哲學》。

十二日　陰雨　星期三　十五日
讀《東西文化及其哲學》。獻唐來，留此小飲，飯後去。寫對聯。

十三日　晴　星期四　十六日
讀《東西文化及其哲學》畢。

十四日　晴　星期五　十七日
讀《公羊傳》。十時警報，未緊急，二時解除。青選及其女公子來，衛聚賢先生送來去歲沙坪壩出土漢磚一塊。

十五日　陰雨　星期六　十八日
讀《公羊》、《韓非子》、《漢書》。

十六日　星期日　十九日
早偕鄂兒進城，中午在青選處午飯，飯後赴實驗劇院看戲。在中華書局買《景印米南宮墨跡》一冊以贈炳南。歸時已六時許矣。

十七日　晴　星期一　二十日
讀《公羊》、《漢書》，晚讀《韓非子》。接二姐二月廿七日北平書云曲款已收到，即復，並寄余及林君、鄂、益近中照片二張。

十八日　晴　星期二　二十一日

讀《公羊》。十二時警報，旋即緊急，郊外有落彈處。二時解除。讀《史董》，係第五服務團所刊贈者。作書復雲叔去歲十月七日書，寄相片二張。作書致莊、王二師並各寄余及林君、兩兒照片四張。作書致孫太炎內兄，寄相片。

十九日　晴，煖甚　星期三　二十二日

讀《穀梁傳》。作書致伯母曲阜書，並寄余及林君暨鄂、益近中照片兩張。午後同炳南訪獻唐。晚讀《韓非子》。

二十日　晴　星期四　二十三日

讀《穀梁》。十時警報，旋即緊急，敵機未入市空。飯後偕鄂、益兩兒赴李士偉大夫處種牛痘，每人一顆。歸讀《漢書》。夜，燈下讀《管子》。

二十一日　晴　星期五　廿四日

讀《穀梁》。中午刁培然在城邀飲，以天晴恐有警報，作書辭之。下午讀《漢書》，夜讀《管子》。

二十二日　晴　星期六　廿五日

讀《穀梁》畢。接翼鵬江津書。讀《漢書》，晚讀《韓非子》，並朱點《王忠愨遺集》數葉。

二十三日　陰旱雨　星期日　廿六日

讀《周禮》。下午讀《漢書》，晚讀《韓非子》。

二十四日　陰雨竟日　星期一　廿七日

讀惠定宇《褅說》。晚讀《韓非子》。接曲阜雪光叔信。

二十五日　陰下午晴　星期二　廿八日

讀《周禮》。

二十六日　晴　星期三　廿九日

讀《周禮》。下午同炳南往訪獻唐。觀民先生來宿此。

二十七日　陰　星期四　卅日

與觀民先生閒談。飯後觀民先生同炳南同往箸青處，將觀民先攜來沈石田、文徵明兩手卷，請箸青並邀李涵初先生、孫約持先生同觀，皆以為偽品。

二十八日　陰雨　星期五　三月初一日

讀《周禮》、《漢書》，夜讀近人魯[1]實先《史記會註考證駁議》。

二十九日　陰雨　星期六　二日

讀《周禮》、《漢書》，夜讀《韓非子》。

三十日　陰雨　星期日　三日
讀《周禮》、《漢書》。夜讀《韓非子》。
三十一日　陰　星期一　四日
讀《周禮》。實甫來，下午同訪獻唐，並邀獻唐來此晚飯。飯後獻唐去。與實甫閒談，夜深始睡。
四月一日　晴　星期二　五日
日來讀書，屢不能安心，少讀輒罷，自愧無已（當力勉之）。讀《周禮》、《漢書》。實甫去。寫對聯二付。夜讀《韓非子》。
二日　晴　星期三　六日
讀《周禮》、《漢書》、《韓非子》。
三日　晴　星期四　七日
讀《周禮》、《漢書》、《韓非子》。作書復雲叔。
四日　晴，霜重　星期五　八日
早同慕賢赴磁器口，在京川飯店洗澡。在協大飯店吃飯，飯後往教育學院訪香孫，在院內參觀其花圃及農場。歸時已薄暮矣。接翼鵬書。

①「魯」字原作「陳」。

五日　陰雨，早夜雪霆　星期六　九日　清明
讀《周禮》、《漢書》、《韓非子》。作書復翼鵬。
六日　晴　星期日　十日
讀《周禮》、《漢書》、《性命古訓辨證》。接莊師致今師書。
七日　陰　星期一　十一日
讀《周禮》。飯後往訪獻唐。
八日　晴　星期二　十二日
讀《周禮》、丁山《由三代都邑論其文化》。晚讀《韓非子》。
九日　晴　星期三　十三日
讀《周禮》。下午玉昆叔來，即去。獻唐及茹春浦先生來，留此晚飯，飯後去。寫對聯一副。
十日　晴風　星期四　十四日
讀馮友蘭《中國哲學史》。赴二合會參觀展覽。
十一日　晴　星期五　十五日
讀《周禮》、《中國哲學史》。

十二日　陰　星期六　十六日

讀《周禮》、《中國哲學史》。接翼鵬書。

十三日　晴　星期日　十七日

讀《周禮》、《中國哲學史》。

十四日　晴　星期一　十八日

讀《周禮》。飯後孫總司令蔭亭兄及其夫人來訪，青選、萬里同來，三時去。讀《中國哲學史》。

十五日　晴　星期二　十九日

今日林君生日。讀《周禮》，作帖邀獻唐來此晚飯，請其鑒定觀民所藏《宋拓九成宮》。仲采來，亦留此晚飯。

十六日　晴　星期三　廿日

讀《中國哲學史》。與蔭亭約，請其派車來迎進城。屢候不至，遂乘均三車進城，至荷花池，遇蔭亭乘車來迎送，同往北碚，轉赴溫泉遊覽，因路途不熟，邀澥叔同往。在北碚小飯，遂往北溫泉進發，在溫泉公園②小遊，以太晚未沐浴，在精誠西餐社進晚餐，在農莊宿焉。萬里及孫太太亦趕來閒談，至夜深始睡。

②「公」下原脫「園」。

十七日　晴　星期四　廿一日

早起赴縉雲山，道上風景絕佳，至寺，訪漢藏教理院代院長法尊，並參觀太虛（院長）和尚由南洋帶回珍貴禮物，最名貴者，為釋迦牟尼舍利塔塼范佛像，二千年前物也。寺僧並備山齋餉客，並邀余與蔭亭演講，以時間不及，辭之。歸時已二時矣。

十八日　晴　星期五　廿二日

讀《中國哲學史大綱》。下午在城中舫廬請孫蔭亭及其夫人，並邀青選、春如夫婦作陪，散席九時許矣。遂在嘉陵賓館宿焉，林君及益兒一床，予及鄂兒一床。至一時許始睡。

十九日　晴　星期六　廿三日

早六時起，早點後返山。讀《哲學史》。

廿日　晴　星期日　廿四日

讀《周禮》、《中國哲學史大綱》。作書復雲光叔、莊、王二師，致伯母書。

廿一日　晴　星期一　廿五日

蔭亭今午請客。早偕鄂兒同行，仲采亦乘車同行。中午在舫廬午餐，鼎師、溥泉先生均來。飯後為孫老太爺書扇一柄，六時歸。

廿二日　晴　星期二　廿六日

讀《周禮》。下午往訪獻唐，晚同往三友園小飲，仲采亦在座。歸讀《哲學史》。

廿三日　晴　星期三　廿七日
讀《周禮》、《中國哲學史》。作書致王實甫。
廿四日　晴　星期四　廿八日
讀《周禮》、《中國哲學史》。
廿五日　晴　星期五　廿九日
讀《周禮》。仲采來，飯後同往訪鹿瑞伯（鍾麟）先生，相談甚久。晚讀《中國哲學史》。
廿六日　陰　星期六　四月初一日
讀《周禮》、《中國哲學史》。下午仲采邀赴高店子平津餐館小飲，歸時已八時矣。
廿七日　陰雨　星期日　二日
早進城，因蔭亭後日返鄭也。路中訪鼎師，留午飯，飯後進城訪蔭亭，不遇，往訪祝老人閒談，並留余晚飯。飯後又訪蔭亭，寫字至十二時許，又與蔭亭閒談，至二時許始睡。
廿八日　陰雨　星期一　三日
午，孫老太爺招飲，飯後歸。（早起與蔭亭談話）
廿九日　晴　星期二　四日
讀《周禮》。飯後警報，蔭亭及其夫人、萬里、青選太太、小姐來此，飯後去。寫扇兩面。

讀《中國哲學史》，又寫扇兩面。美總統羅斯福長公子來華，致羅信予蔣公。

三十日　晴　星期三　五日

讀《周禮》。下午往訪獻唐。

五月一日　星期四　六日

讀《周禮》、《中國哲學史》。箸青來訪。

二日　夜雨，午後晴　星期五　七日

讀《周禮》、《中國哲學史大綱》。往訪箸青、仲采。

三日　晴　星期六　八日

讀《周禮》、《中國哲學史》。十二時警報，旋即緊急，敵機在郊外投彈，旋即逸去。二時解除。

四日　陰雨　星期日　九日

讀《周禮》。《王忠愨集》今日寄到，讀《觀堂集林》。

五日　早陰，午後晴　星期一　十日

讀《周禮》、《王集》。飯後訪獻唐。作書傅敦源（香港），云書已收到。

六日　晴　星期二　十一日
讀《周禮》、《王集》。寫對聯一付，扇子三面。
七日　陰，微雨　星期三　十二日
讀《周禮》。下午往訪仲采。讀王《集》。
八日　晴　星期四　十三日
讀《周禮》、王《集》。獻唐、仲采來，飯後去。作書致鐵君，告以王《集》已陸續收齊。
九日　晴　星期五　十四日
讀《周禮》、王《集》。熊觀民先生來宿此。並攜來六朝井磚硯一方。上有黃易題識。
十日　晴　星期六　十五日
讀《周禮》、王《集》。十時警報，敵機在李子壩及江北一帶投彈，十二時解除。觀民先生去。瀞庵叔前之大姐來，轉往沙坪壩，飯後去。
十一日　陰雨，午夜大雷雨　星期日　十六日
讀《周禮》、《中國哲學史》。
十二日　陰雨，午夜大雨　星期一　十七日
讀《周禮》、王《集》、《中國哲學史》。

十三日　陰雨　星期二　十八日
讀《周禮》、王《集》、《中國哲學史》。
十四日　陰雨　星期三　十九日
讀《周禮》。下午赴交通銀行，並赴仲采處閒談，同往高店子小飲。接伯母曲阜書。
十五日　半陰半晴　星期四　廿日
讀《周禮》。飯後讀王《集》及檢閱余關于《儀禮》之著述。傍晚庭前椽下讀《漢書》，晚讀《哲學史》。作書復伯母、三妹。
十六日　晴　星期五　廿一日
早九時警報，旋即緊急。聞炸彈聲甚近，有云在兩路口、沙坪壩一帶者，十二時解除。飯後攜益兒赴聞亦齊大夫處診病，因其近日微有傷風咳嗽也。檢閱余所收集關于先秦學校制度之材料，及關于昆弟兄弟之材料，擬寫文考之。晚讀《哲學史》。
十七日　晴　星期六　廿二日
讀《周禮》、《中國哲學史》。寫〈為人後者為之子說〉一文，將來可載入禮俗史宗法類。
十八日　晴　星期日　廿三日
讀《中國哲學史》。今日將書室與後間（即三嫂前所住之屋）中間之壁拆去，改為一大間，將書齋移與後間，客廳移與原書齋中，以屏風隔之，原有之客廳改為儲藏室。季光來，晚飯後庭前讀《漢書》。

十九日　晴　星期一　廿四日

讀《周禮》。飯後寫〈萬籥舞說〉③一篇，以駁何、鄭之謬。讀《漢書》。接雲叔、莊、王二師曲阜書。讀《中國哲學史》。作書致獻唐，借《十三經索引》。

廿日　晴　星期二　廿五日

讀《周禮》。十時警報，三時半解除，為今年第一次之最長時間之警報。敵機終未入市空。與林君赴青年會看書。讀《哲學史》。

廿一日　晴、熱　星期三　廿六日

讀《周禮》。十二時警報，旋即解除。仲采眷屬昨日新自天津到此。往訪候，遂又往訪獻唐，同往三友園小飲。歸後庭前納涼。

廿二日　晴、熱　星期四　廿七日

讀《周禮》。十一時警報，未緊急。四時解除。讀《漢書》。晚燈下讀《哲學史》。

廿三日　晴、熱　星期五　廿八日

讀《周禮》。尤聯甫來（尤謝岑④之公子）宿此。

③「萬」字，原文遺缺。

④「尤謝岑」與「尤謝臣」當為同一人。

廿四日　陰　星期六　廿九日

讀《周禮》。尤聯甫去。觀民丈來。作書復莊、王二師、一叔。徐葵貞女士來。

廿五日　晴，陰雨　星期日　卅日

讀《周禮》。與觀民先生閒談。寫扇及對聯一付。

廿六日　晴　星期一　五月一日

早九時警報，十一時解除。同觀民丈進城，于沐塵先生開弔，往致祭。六時返山。呂慶堂先生來。

廿七日　晴　星期二　二日

熊先生去。讀《漢書》。作書致一菴叔曲阜，為梁升（莊師聽差）加錢事。讀《中國哲學史》。

廿八日　晴　星期三　三日

讀《周禮》。飯後訪獻唐。歸讀《漢書》，晚讀《哲學史》。

廿九日　晴　星期四　四日

讀《周禮》。接一叔、毓師曲阜書。得孫鐵君內兄北平書。讀《哲學史》。

卅日　晴　星期五　五日

讀《周禮》。靜安叔自北碚來，飯後去。李稽核新自緬歸，來訪，宿此。談至十一時始睡。

卅一日　晴　星期六　六日
今日過節，晚邀獻唐、季光來此晚飯。
六月一日　晴　星期日　七日
終日與李稽核閒談。早九時警報，十二時解除。
二日　晴　星期一　八日
李稽核本擬下山，候車不至，遂返。九時警報，十一時許解除。聞炸聲甚烈。晚同訪君三處，留晚飯，月下歸。
三日　晴，有風，下午陰雨　星期二　九日
與李先生閒談。箸青邀午飯，飯後李先生與箸青進城，遂往訪仲采。歸來讀《哲學史》。
四日　晴　星期三　十日
讀《周禮》。飯後往訪獻唐，不遇。歸讀《漢書》。晚仲采來訪，庭前月下閒談。
五日　晴　星期四　十一日
讀《周禮》。飯後訪獻唐，借得《穆天子傳》（黃蕘圃校九行本，獻唐藏，今為影印本）、梁任公《中國哲學史》歸。夜十時警報，敵機共四批，在城中及附近處投火彈多枚，至十一時半解除。十二時就睡。聞防空洞中以氣不通而死者四百餘人。

六日　晴，下伍微有雲　星期五　十二日

讀《周禮》。飯後訪仲采，留晚飯，呂師及慕賢亦在座。

七日　晴　星期六　十三日

讀《周禮》。十二時警報，敵機分三批來襲，投彈處不悉。翼鵬自成都寄來《左傳官名考》及《史學季刊》一、二兩卷。讀《中國哲學史》。

八日　晴，微有雲　星期日　十四日

讀《周禮》。飯後下山小遊，歸讀《史學季刊》，晚讀《哲學史》。

九日　陰雨　星期一　十五日

早赴雲頂寺訪柯定礎先生，詢孔學會開會期。歸，鍾孝先先生來，飯後去。在獻唐處又借《東方雜志》二冊，並以丁稼民之惡耗來告。稼民，吾東濰縣人，予內兄之內兄也。平生精于齊魯地理沿革之學，零星粹稿當屬不少，是否已有成書，尚不得知，今年不過五十餘而即謝世，使其身不能竟其才，使吾魯又少一讀書種子，聞之不能憪然。晚讀《哲學史》。

十日　晴　星期二　十六日

讀《周禮》。飯後訪獻唐。余在平所買之筆及孫靜庵外伯舅所送之墨，數月前已到香港，今始帶來。青選托其親趙君送來。讀《哲學史》。

十一日　晴　星期三　十七日

讀《周禮》。十二時警報，旋即緊急。敵機今日飛程甚低，機上手榴彈、機關槍齊發，余防空洞口即落一手榴彈，洞中為之一震。今日投彈地址即在山下磁器口，附近之兵工廠烟雲矗天，想亦損失不小。（今日洞中聲音特大）四時解除，聞山前考試院附近，一婦人一小孩為手榴彈所傷。讀《漢書》，晚讀《哲學史》。接莊、王二師曲阜書。

十二日　陰雨　星期四　十八日

讀《周禮》。作書復王師、致一叔、復二姐、致孫鐵君內兄。讀《漢書》，晚讀《哲學史》。

十三日　陰　星期五　十九日

讀《周禮》。飯後赴中央醫院探孟真先生病，旋仲采處去，約在中央銀買麵粉證一爯。晚仲采來。復王老師書、致一叔書。

十四日　晴　星期六　廿日

讀《周禮》。十二時警報，微聞敵機聲，四時解除。讀梁任公《近三百年學術史》。晚讀《哲學史》。

十五日　晴　星期日　廿一日

讀《周禮》。十二時警報，四時解除。讀《漢書》，晚讀《哲學史》。接曲阜一叔信。

十六日　陰　星期一　廿二日

讀《周禮》。飯後讀梁著《三百年學術史》，晚讀《哲學史》。作書復一叔。

十七日　上午陰，下午微有日影，傍晚雷雨大作　星期二　廿三日

讀《周禮》。飯後顏、楊二生來訪，係以升學事相干，予以二十元路費。讀《三百年學術史》。晚讀《哲學史》。獻唐來訪。

十八日　陰　星期三　廿四日

讀《周禮》。飯後理髮。讀靜安書及《學術史》。晚讀《哲學史》。作書致伯母。

十九日　陰，下午晴　星期四　廿四日[5]

讀《周禮》。飯後寫〈簠簋敦匜考〉一文。往訪獻唐，獻唐並為余寫畫扇一頁，為箸青畫扇一頁。歸來讀《學術史》，晚讀《哲學史》。

廿日　上午晴，下午陰，晚雨，入夜更大　星期五　廿五日[6]

讀《周禮》。飯後讀《學術史》。往訪箸青，不遇，訪仲采，留晚飯。歸讀《哲學史》。

廿一日　陰雨竟日　星期六　廿六日[7]

讀《周禮》。飯後讀《三百年學術史》。接孫鐵君兄書，即復。

廿二日　陰雨，傍晚晴　星期日　廿七日[8]

讀《周禮》。飯後讀《三百年學術史》畢。作書致霅叔、其敏兩叔曲阜。讀《漢書》。晚讀〈墨子的經濟〉一文。

廿三日　陰，微有日影，入晚大雨　星期一　廿九日

讀《周禮》。十二時警報，二時解除。讀《漢書》，晚讀《哲學史》。

廿四日　陰雨竟日　星期二　卅日

飯後閱《國聞周報》。讀《漢書》，晚讀《哲學史》。

廿五日　上午陰，微雨，下午漸晴　星期三　六月一日

讀《周禮》。飯後訪獻唐，不遇。訪涵初、李部長談。代獻兄索其藏印所鈐之印譜，李並請獻唐代為教定。其印，皆綏遠所出，自先秦以至宋元，且多精品，而其空間性更為重要也。並出其自寫出峽圖及圖章一方，托白獻唐題刻。至車站聞同鄉商者某云，仲采之令尊去世，遂往弔之。獻唐亦在，將印譜畫卷圖章交伊帶回，並托獻唐轉交鼎丞師，予招待費三千元，實不能維持現在生活，請鼎師轉交主席、委座，每月加撥若干元，以維現狀。

廿六日　晴微陰　星期四　二日

早赴高店子買米，未成。赴車站湖南小館吃米粉，又在三友園吃冷食。歸來寫條幅二幀。讀《漢書》，晚讀《哲學史》。

⑤ 農曆日期應為廿五日。

⑥ 農曆日期應為廿六日。

⑦ 農曆日期應為廿七日。

⑧ 農曆日期應為廿八日。

二十七日　晴　星期五　三日

讀《周禮》。飯後赴仲采處，仲采仍哭不止，留余晚飯。

二十八日　晴，午雷雨旋止　星期六　四日

讀《周禮》。飯後警報，敵機在南溫泉等處投彈，三時解除。旋即進城，謁庸之叔祖，不遇，與李稽核在城內少遊。飯後赴實驗劇院看戲，趙榮琛之〈孔雀東南飛〉，唱作皆佳。十二時戲散，赴李稽核處下榻，閒談至二時始睡。

二十九日　晴　星期日　五日

早九時返山，旋即警報。聞敵機投彈地點在城中戴家巷一帶，二時解除。因昨晚間未睡好，午睡一小時。喻玄孫先生來訪，飯後去。晚早睡，間閱《中國田賦史》。

三十日　晴　星期一　六日

九時許警報，十二時解除。即進城謁庸之叔祖，在公館候至三小時，始由鄉返城，在財政部晤面，將余近中情況面述，承允向中央提議每月再加三千元（連現在者共六千元）並送余伍仟元，情意甚可感也。歸山已九時許矣。

七月一日　晴熱　星期二　初七日

讀《周禮》。飯後閱蒙文通之〈秦之社會〉一文。讀《哲學史》。

二日　晴熱　星期三　八日

早赴獻唐處，以加招待費事，前曾托其轉告丁師，故以此事進行情形告彼也。作書致莊、王二師、一叔，請莊師母到曲居住。接翼鵬白沙書。讀《哲學史》。

三日　晴，熱甚　星期四　九日

讀《周禮》。飯後讀《哲學史》。四時赴鼎師處，以加招待事相告，請其為助也。又仝林君赴山洞看李太太生子及玉昆叔。歸時已七時許矣。飯後院中乘涼，至十二時始睡。

四日　晴熱　星期五　十日

早六時半即發警報，九時許緊急，敵機在城中投彈多枚，十時半解除。讀《周禮》。飯後午睡，起後讀《哲學史》。夜中不得安睡。

五日　晴　星期六　十一日

讀《周禮》、《哲學史》。六時警報，七時許解除。投彈地點大概還是城內也。壁如六叔來宿此。

六日　晴熱　星期日　十二日

讀《周禮》。飯後閱雜書、讀《哲學史》。六時警報，九時解除。接二姐北平書。

七日　晴熱　星期一　十三日

讀《周禮》。十時警報，十二時解除。飯後讀《哲學史》。晚六時半警報，十二時解除。

八日　晴，下午陰，夜雨　星期二　十四日

讀《周禮》。青選令張獻斗君來借奶瓶奶頭，以其夫人新生公子，產後發熱，小兒不能吃大人之乳。余當即介紹李士偉大夫往診，旋即警報，投彈處仍在城中，解除後張去。下午四時許，青選托其令親趙天錫君來，托轉請李大夫往診。余車子無油，借箸青車，車夫又病，飭羅子文開呂車前往，旋箸青車夫病愈，將車開至寬仁醫院，迎李大夫前往。讀《哲學史》。夜雨，頗涼。

九日　晴頗涼爽　星期三　十五日

讀《周禮》。徐伯良（曲阜人）之子前日來山，住別墅中，欲投考軍官學校，余托仲采轉托鹿鍾麟先生為其介紹。余往仲采處面托仲采，即赴鹿處，鹿為之出證明書二件。仲采在親喪中，本不應以事相干，為軍校明日即報名截止，不得不出此耳。飯後讀《周禮》。下午赴獻唐處，告之加招待費事與丁師所談經過也。

十日　晴　星期四　十六日

讀《周禮》。十二時警報，二時許解除。接玉昆五叔來信，云青選太太已於今早四時半去世，其身後遺未出閣女子三人、男三人。長男肺病初愈，遭此大故，恐其返復。中子十一齡，幼男即新生者也。青選竟遭此不測之憂，將何以自堪。其夫人之為人，忠誠足欽，曾在外數年，而仍未改其居家時之本來面目，中年（四十六歲）折夭，可歎也。派慕賢帶吳建章前往幫忙。（玉叔所言借吳，以李處擬用〇〇，然不知吳亦不知道也[9]）余訪箸青，告之此事，並邀其明早同赴山洞致弔。慕賢、吳建章夜深歸。

十一日　晴，中午熱甚，傍晚風起，有雲　星期五　十七日早同箸青、君三同赴青選處弔唁，淒涼之況，令人惻然。送奠儀百元。九時返。飯後閱雜志。四時赴鹿瑞伯先生處，謝其介紹徐生也。歸途請李士偉大夫開一食小兒乳粉分量單，因青選幼子寄托玉昆叔處代養也。

十二日　晴，熱甚，晚間雲上　星期六　十八日

讀《周禮》。飯後讀《漢書》、《中國哲學史》。

十三日　陰雨竟日　星期日　十九日

讀《周禮》、《漢書》、《哲學史》。

十四日　陰雨竟日，入夜風起　星期一　廿日

讀《周禮》。仲采來，旋即去。林君在高店子買米，一擔四，共一仟五百四十餘元。下午獻玖及余穀民（阜民之弟）等來，留晚飯，飯後去。讀《哲學史》。翼鵬荐一廚師來，名張同知，河南人，可作麵食，日來因廚役事，使人煩悶。

十五日　陰雨，入夜晴　星期二　廿一日

讀《周禮》。飯後讀《哲學史》。

十六日　晴　星期三　廿二日

早偕林君赴山洞送青選太太之喪，旋即歸。飯後訪傅孟真先生與八塊田寓廬，伊病尚未全愈

⑨此句原有衍文。

也。讀《漢書》，晚讀《哲學史》。

十七日　晴　星期四　廿三日

讀《周禮》。腹瀉，身不適，飯後午睡。讀《漢書》。余所訂之《文史雜志》來（商務），闕一、二兩期。

十八日　晴　星期五　廿四日

讀《周禮》。十二時警報，二時解除。聞被炸地點仍在上清寺附近。接翼鵬書。讀蒙文通君（成都圖書館長）〈儒家法治思想之發展〉一文。飯後赴山下小遊。讀《哲學史》。

十九日　晴　星期六　廿五日

讀《周禮》、《漢書》、《哲學史》。

廿日　晴　星期日　廿六日

讀《周禮》、《漢書》、《哲學史》。接一叔曲阜書、二姐北平書、莊師詩一首。

廿一日　晴，熱　星期一　廿七日

讀《周禮》畢。檢閱所集之《周禮》中材料。讀蒙文通〈儒政思想〉一文，並以硃墨點之。

廿二日　晴，熱甚，晚陰雲四布，小雨，微風　星期二　廿八日

檢閱收集《周禮》之材料。下午⑩點蒙文，熱不可支。

廿三日　陰雨　星期三　廿九日

讀雜書、《中國哲學史》、《漢書》。

廿四日　陰雨竟日，頗涼　星期四　閏六月一日

讀《大戴禮》。仲采來，飯後去。讀《漢書》，《哲學史》讀畢。

廿五日　陰雨竟日　星期五　二日

讀《大戴禮》、《漢書》、《韓非子》。

廿六日　晴　星期六　三日

讀《大戴禮》。下午往訪仲采，留晚飯。

廿七日　晴　星期日　四日

讀《大戴禮》。九時半警報，二時解除，敵機未入重慶。讀《漢書》。錢存之來，前托買之麵亦帶來五袋，每袋八十四元。聞政府每[11]袋須貼三十元左右，政府自辦平價以來，人民得便宜處甚多。政府愛民，不為不殷，彼[12]老學究者，猶終日○政府之無政，一談遜清，則眉飛色舞，皆有鳳鳥不至之感。嗚呼！必此文氓，一日不掃除，一日不得寧也。聞庸之叔祖病已全愈，慰慰（前日曾去函問候）。存之去。讀《韓非子》。今日一百二十架[13]炸成都，架數之多，以此為多。

⑩「午」字原作「文」。
⑪「每」字原作「未」。
⑫「彼」字原作「被」。
⑬「架」字原作「駕」。下同。

廿八日　晴　星期一　五日

早七時警報，下午三時半解除。警報時間之長，以今日為最，頭二批尚有投彈聲，是後皆一二架盤旋市空，皆歷半小時、一小時，如入無人之境。我空軍竟無一起而應戰，可慨也。

讀《漢書》，晚讀《國策》。

廿九日　晴　星期二　六日

讀《大戴禮》。七時餘警報。下午四時[14]解除，敵機投彈甚少。○形仍如昨日○外。讀《國策》。解除後，讀《漢書》。晚讀《國策》。作書致莊、王二師。

三十日　晴　星期三　七日

早八時警報，下午四解除。今日投彈最多，聞城中被炸四次，磁器口廿四五兵工廠被炸時，洞中頗震動。讀《大戴禮》、《國策》、《漢書》。箸青來訪。

三十一日　陰　星期四　八日

讀《大戴禮》畢。飯後往訪獻唐。

八月一日　陰　星期五　九日

讀《國策》、胡適之《上古哲學史》。熊丈觀民來。

二日　陰　星期六　十日

讀《國策》。與熊丈觀民閒談。晚邀獻九來此晚飯。接一叔一書、王師二書（曲阜），孫鐵君內兄北平書。藥癡來訪。

三日　陰，夜雨　星期日　十一日

讀《國策》、《中國上古哲學史》。寫對聯。

四日　陰雨　星期一　十二日

讀《國策》。下午與熊先生閒談。讀《漢書》。晚讀胡《哲學史》。

五日　陰　星期二　十三日

觀民先生去。讀《國策》。飯後往訪藥癡，于穀民先生來宿此。

六日　忽陰忽晴　星期三　十四日

讀《國策》。飯後睡，起閱雜書。讀《韓非子》、《漢書》。

七日　晴　星期四　十五日

讀《國策》、《漢書》、《韓非子》。接二姐北平書，余穀民去。

八日　晴　星期五　十六日

讀《國策》。飯後秀岩（韓）來訪。三時警報，旋即緊急，四時半解除。邀秀岩赴車站三友

⑭「四」下原脫「時」。

園小酌。飯後本擬赴山洞，以今日無車，遂來此宿，明早再行。

九日　晴，下午二時大風，一小時始止。月初　星期六　十七日

早一時警報，四時解除。八時警報，十時半解除。二時警報，五時解除。讀《國策》、《漢書》。

十日　晴　星期日　十八日

早五時警報，九時緊急，下午一時警報，四時解除。晚十時警報。讀《國策》。胡、馮《哲史》對閱。

十一日　晴　星期一　十九日

早四時解除警報。八時警報，一時許解除。旋又警報，五時許為雷雨所阻，略飛即去。讀《國策》、《漢書》、胡《哲學史》。作書致一叔、王師。今日磁器口兵工廠被炸，隆隆炮炸之聲達一小時餘。

十二日　晴　星期二　廿日

早二時警報，六時解除。八時警報，九時許解除。一時許警報，四時半解除。讀《漢書》。晚早睡。

十三日　晴　星期三　廿一日

早二時警報，四時解除。六時警報，七時半解除。三時半解除。李涵初先生招飲，座中有箸青等，獻唐以病未至。十一時席散。

十四日　晴　星期四　廿二日

早與炳南、慕賢共商鐫防空洞事，將原有之防空洞加深也。十一時警報，三時解除。讀《漢書》。為李涵[15]題〈出峽圖賦〉一截句云：「**三峽風雲腕底生，歸舟東去一帆輕。何當奏凱展圖看，別有滄桑無限情。**」讀馮史孟子節。

十五日　陰，微雨　星期五　廿三日

讀《國策》、《漢書》、馮《史》。

十六日　上午陰下午晴　星期六　廿四日

讀《國策》、《漢書》、馮《史》。

十七日　晴　星期日　廿五日

讀《國策》畢。十時警報，三時解除，敵機並未入渝市。讀《漢書》、馮《史》墨子節。寫對一副賀孫伯外舅靜安五十壽也（今年八月廿四日）。早日寄平，以便裱好送去。接北碚瀞庵二叔書，云和庵擬在曲撥先之款，此處由其皆　鐘數，每月撥五十元，自今年舊九月起。

十八日　陰，傍晚晴　星期一　廿六日

讀《國語》。進城謁庸之叔祖，為加招待費事，不遇。午在李稽核處用飯、沐浴。後訪戴師、溥老、于先生右任，皆不遇。歸為李稽核寫扇。

[15]「涵」字下衍「初」。

十九日　陰　星期二　廿七日
早起，進城謁庸之叔祖，又不遇，將函交萬里，轉交陳秘書延祚代呈，並擬訪延祚，以時晚不果。萬里日內亦擬赴南泉進謁，亦可代呈也。歸時已八時許矣。
廿日　陰雨竟日，傍晚風起　星期三　廿八日
讀《國策》、梁任公《佛學研究十八篇》。
廿一日　晴　星期四　廿九日
讀《國策》。下午往訪獻唐，並邀往三友園小酌。孔院長派壽景偉（中美文化協會總幹事）前來商本月廿七日　聖誕招待美大使及　蔣委員長顧問美人拉鐵摩爾以及中外人士。
廿二日　微晴傍晚小雨　星期五　卅日
讀《漢書》。仲采來。十一時許警報，二時許解除。沙坪壩、中央大學起火。讀胡《史》。
廿三日　陰　星期六　七月初一日
新生活運動會派總幹事來邀余參加廿七日早祀孔儀式並晚會。讀《國語》。十時警報，旋及緊急。今日被炸地點仍在沙磁區，三時許解除。讀《漢書》，晚讀胡《史》。
廿四日　陰　星期日　二日
讀《國語》。赴青年會，無書，即歸。讀《漢書》、胡《史》。佩青叔來宿此。

廿五日　陰雨　星期一　三日

讀《國語》、《漢書》。訪獻唐。

廿六日　陰，下午微晴，入夜晴　星期二　四日

讀《國語》。下午偕林君、鄂、益進城，李稽核邀赴重慶牛奶場吃點心。赴新運區參觀。事畢赴大三元晚餐。歸時已九時半矣。

廿七日　陰，時雨時止　星期三　五日

早五時進城，重慶市在新運區舉行祭孔大典，由余主祭，吳市長國楨、黃仕霖先生陪祭。祭畢，又赴國府參加紀念，由　蔣委長主席、孔副院長報告。祭畢，委座特與予握手致候，余致敬意，並候蔣夫人起居。會畢，赴萬里處午飯。四時，中美文化協會招待美大使高斯及委員長顧問拉鐵摩爾中外來賓四百餘人。會前先舉行紀念，由孔院長主祭，祭畢，即由孔院長致開會辭，高斯及郭外長相繼演說，並有勵志社樂隊奏樂，旋進麵點，以示慶壽之意。旋放映孔子生平史蹟，由余及黃仕霖分以中英文朗讀，旋即散會。林君六時晚未得參加，在萬里處候余，旋即同赴新運區參加晚會。余致簡單之講說，以孔子之歷史、民族兩觀點略加說明，會畢，歸山已九時許矣。

廿八日　陰，時雨時止　星期四　六日

早十一時始起，飯後張華亭來，留宿此。讀任公《佛學十八篇》。

廿九日　陰，下午晴　星期五　七日

益兒昨晚微熱，入夜漸甚。早七時，林君即在夢中將余喚起，益兒已眼球上反，角已反張，

急請李士偉大夫來診，斷風之起為熱太高，已至四十一度，蓋前日吃桂元所致，予以退熱藥片服之，並以嬰兒自己藥片二片服之，使其下瀉。至十二時，尚未瀉下，一時許又燒，得風起口有白沫流出，惟時比上次較短耳。又請李大夫來診，予以聞藥，使其速清醒也，惟熱度已由四十一度退至卅八度半矣，並予以瀉鹽服之。至四時便下，惟不太多，至此余以〇慰益兒，雖時睡時醒，但晚飯後已愛玩矣。睡時予以鷓鴣藥及退燒藥服之。

三十日　晴　星期六　八日

益兒熱退，仍服藥。十時警報，敵機投彈地點，頭兩批仍在沙坪壩、小龍坎、磁器口之間，火勢甚烈，三四五批皆在城中，二時解除。同炳南往訪獻唐，獻唐出示寶雞新出土之銅器拓片，鐘一、敦一、簠一，皆善夫梁其所作，字體與毛公鼎相近，蓋同時器也。獻唐云：鐘、敦、簠外尚有提梁卣一、罍二，無銘字，然花文絕精，此數器者，聞係蔭亭以國幣六萬在西安所購，欲以贈某公，請獻唐審定者也。鐘奇[16]大，銘文特多，即在十鐘山房中，亦上品也。卣為繩文，頗似商器，余未見原器，皆聞之獻唐云。歸讀梁《書》。

三十一日　晴　星期日　九日

讀《國語》。十時警報，敵機共分三批，至下午三時始解除。讀梁《書》。作書復一叔、伯母，又接伯書云姨太太病重，已備後事。余即作書復伯母，作書致一叔，為姨太太後事也。

九月一日　晴　星期一　初十日

（接王師書）讀《國語》。一時警報，三時一刻解除。偕林君、炳南、鄂兒赴雲頂寺看桂花。益兒自今夜又發熱，請李大夫來診，蓋昨日未大便，又感傷風，燒至八十八度，予以瀉鹽及治發燒藥，金雞納霜服之。讀梁《書》。

二日　晴，下午熱，晚陰　星期二　十一日

讀《國語》、梁《書》。寫對子、條幅。晚讀胡《書》。益病已輕，熱退，鄂今晚又發熱，請李大夫來診，予以瀉鹽及治發熱藥服之。

三日　陰雨　星期三　十二日

讀《國語》。作書復王師。讀傅孟真《性命古訓辯證》。

四日　陰，下午晴　星期四　十三日

讀《國語》、《漢書》。往訪仲采，讀傅《書》。

五日　晴　星期五　十四日

讀《國語》。飯後訪獻唐、佩卿叔、傅孟真，相談甚久，歸時遇朱騮先先生，新自西北歸來。讀《漢書》，晚讀傅《書》。

六日　晴微陰　星期六　十五日

讀《國語》。翼鵬來，作長譚。午飯後往訪孫藥持⑰，晚與翼兄小飲。晚談至十一時許始睡。

⑯「奇」字原作「其」。
⑰「持」字當作「癡」。

七日　陰，下午微有日影　星期日　十六日

與翼鵬閒談，中午同赴山洞，邀青選與大純便酌，並邀相崗（新自成都來）溥先生作陪，席散已三時矣。余在平正浴室沐浴。訪鼎師，不遇，到獻唐處，鼎師亦在，稍談，鼎師去。獻唐邀余晚飲，翼鵬亦自山洞歸。飯後歸。

八日　陰風，入夜大雨　星期一　十七日

讀《國語》。翼鵬去。讀梁、胡《書》。

九日　陰雨竟日　星期二　十八日

讀《國語》、梁、胡《書》。

十日　陰雨竟日　星期三　十九日

讀《國語》、《漢書》、梁、胡《書》。與箸青約明日同赴新開寺[18]孔院長公館拜壽。鐸民來，亦欲乘余車赴新開寺[19]拜壽，余車正[20]在修理，辭之。

十一日　陰雨　星期四　廿日

十一時同箸青赴新開寺拜孔院長壽，一時歸。在箸青家小飯，趙榮琛亦在，多年未晤，暢談良久，並倩其小唱一曲。歸時已五時矣。

十二日　陰雨　星期五　廿一日

讀《國語》、梁《書》、《漢書》、胡《書》。

十三日　星期六　廿二日
讀《國語》、《漢書》、梁《書》。壁如六叔來宿此。
十四日　陰　星期日　廿三日
讀《國語》。往訪獻唐不遇。讀《漢書》。
十五日　下午晴　星期一　廿四日
讀《國語》。飯後獻唐來，三時去。讀《漢書》、胡《書》。
十六日　微晴　星期二　廿五日
讀《國語》。仲采來，飯後讀梁《書》、《漢書》、傅《書》。
十七日　微晴　星期三　廿六日
早赴青年會看書。讀《漢書》、傅《書》。申某及王心如來訪。
十八日　陰　星期四　廿七日
讀《漢書》。在商務印書館買得《歷語所集刊》第八本第四份、梁任公《清代學術概論》、梁漱溟《朝語》。

⑱「寺」字原作「市」。
⑲「寺」字原作「市」。
⑳「正」字原作「再」。

十九日　陰雨　星期五　廿八日

讀《國語》竟。讀《學術概論》、《漢書》。

廿日　陰雨　星期六　廿九日

早借箸青車進城，訪青選于錢存之兄處，不遇。遂訪趙榮琛，同赴冠生園小飯。在街頭買物，在存之處將本月麵粉帶來三袋。訪青選于山洞四合嵐埡。聞招待費事已備，在下星期二提行政院會議矣。

廿一日　八月初一日㉑

廿二日　微陰，日食存報／拜報○　星期一　二日

讀《左傳》、《胡適論學近著》。接一叔、莊、王二師曲阜書。

廿三日　晴　星期二　三日

讀《左傳》、胡《史》，閱《逸經月刊》。夜，倚枕燈下閱之，山靜人寂，草蟲亂鳴，此時此景，別有風味也。為炳南作印一方。

㉑本日日記內容原缺。

日記本

猗蘭別墅日記卷二

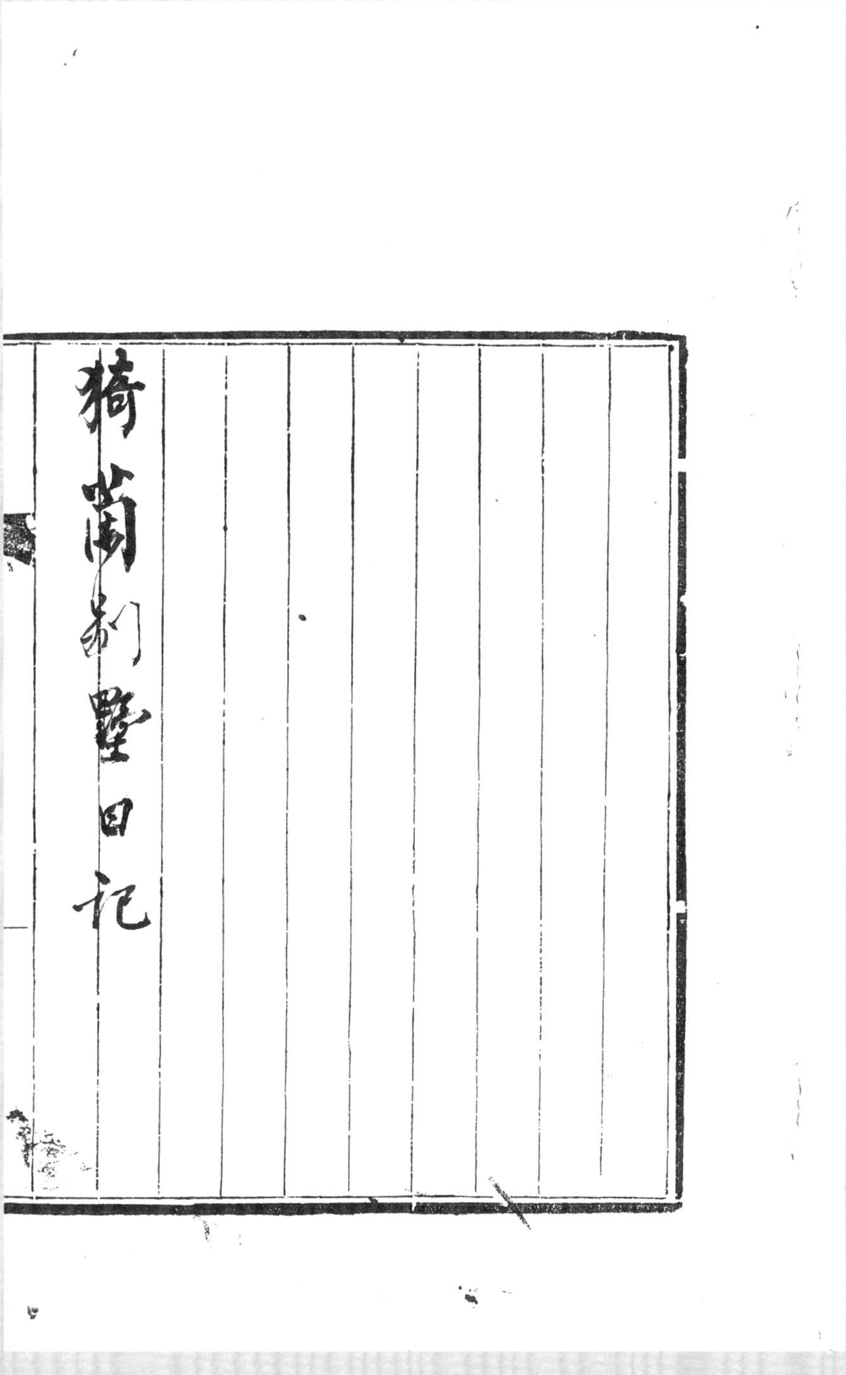
猗蘭別墅日記

猗蘭別墅日記卷二

二十年九月二十四日 晴 星期四 四日

早沈時燮張掞卯堅急敵机未至即川解降

讀少傳畢書

二十五日 晴 星期四 五日

讀少傳漢書佚書復一卅王師曲阜讀傳書佩

卿三卅及吳某來

二十六日 晴 星期五 六日

讀漢書作書復春師揆瀛蓋三卅小碚仿吉以法僮

姐与方君寅于十月十五日在北碚舉行結婚典禮讀

三十年　九月二十四日　晴　星期三　四日
早九時警報，旋即緊急，敵機未至，即行解除。讀《左傳》、梁《書》。
二十五日　晴　星期四　五日
讀《左傳》、《漢書》。作書復一叔、王師曲阜。讀傳《書》。佩卿、三叔及吳某來。
二十六日　晴　星期五　六日
讀《漢書》，作書復春師。接澥庵二叔北碚信，告以德堡姐與方君實于十月十五日在北碚舉行結婚典禮。讀傳《書》。
二十七日　晴　星期六　七日
讀《左傳》、《漢書》。曲阜孫靖宇來，談至十一時許始睡。
二十八日　晴　星期日　八日
與孫靖宇閒談。下午二時警報，緊急後旋即解除。與孫君往車站吃飯，同訪王端伯，月下歸。
二十九日　晴　星期一　九日
讀《左傳》、《漢書》。熊觀民先生來。
三十日　晴　星期二　十日
與觀民先生閒談。靖宇自城歸。

十月一日　晴　星期三　十一日

讀《左傳》。飯後與觀民先生閒談。王獻唐、邢仲采來，留此晚飯。

二日　晴　星期四　十二日

讀《左傳》。觀民先生去。申彥臣以手卷三卷索題，皆偽品也。茹春浦先生來訪。

三日　晴　星期五　十三日

讀《左傳》。同炳南往訪獻唐。

四日　晴　星期六　十四日

早同林君偕鄂、益兩兒赴高店趕場，訪仲采。飯後仲采來，閱《逸經月刊》。

五日　晴　星期日　十五日（中秋節）

讀《左傳》。飯後將《左傳》〈僖公〉篇閱畢。為申某題董香光卷眉子，寫對聯。晚邀季光、獻唐來此晚飯。獻唐在仲采家小飲，不至，飯後庭前賞月。

六日　晴　星期一　十六日

讀《左傳》。下午讀傳《書》。五時乘著青車赴山洞訪青選，以招待費事，以錯中錯，聞庸公尚未提出院議也。青選當並為察詢，並請示庸公辦法，余再求鼎師寫一信予庸公，以作提案根據也。歸時已十時許矣。

七日　晴　星期二　十七日
瀞叔自北碚來，華甫來訪，伊將赴西安黃水會委長任也。本擬搭著青車赴山洞，以時遲不果。與瀞叔閒談。

八日　晴　星期三　十八日
與瀞閒談。香孫、仲采來，飯後去。讀《漢書》、《哲學史》。

九日　星期四　十九日
讀《左傳》。訪獻唐。讀《金大季刊》。讀《漢書》、胡《史》。

十日　晴，下午陰雨　星期五　廿日
早偕林君、鄂兒、益兒進城，至山洞訪青選，招待費事已蒙孔院長手諭國庫署，在特別費項下月支三千元。此款不曾任何手續，並已諭自八月份補發。現已撥九千元，數月來已欠七八千元矣。同青選二女公子及蔣杏春小姐進城，在上海社小飯，歸時已六時許矣。

十一日　陰雨　星期六　廿一日
讀《左傳》。飯後探視獻唐病，並以招待費事已解決相告。歸讀《漢書》，晚讀《清朝野史》。

十二日　陰　星期日　廿二日
讀《左傳》、《漢書》、《清朝野史》。

十三日　陰　星期一　廿三日

早赴車站作制服，遇香孫，在三友園小飲，飯後歸讀《哲學淺說》。

十四日　陰　星期二　廿四日

讀《左傳》。飯後訪孫藥癡，晚赴山洞謁鼎師，告以招待費事已解決，留晚飯，歸時已八時許矣。接曲阜一叔、王師書。

十五日　陰　星期三　廿五日

早赴北碚參加德堡姐與方君實結婚典禮。林君、鄂、益兩兒同行，九時半到達。同赴北溫泉小遊，芙蓉已盛開。在精誠西餐社小飯。歸北碚，三時許參加其典禮，四時半歸。

十六日　陰　星期四　廿六日

仲采來，飯後去。讀胡《書》。接伯母書云，三妹之生母王夫人已於舊八月二日逝世，年僅四十一二，余堂伯父式如公之〇也，時廿七八歲，為人溫厚勤謹，上事堂伯母以勤謹，撫恭妹以慈惠，自先母逝後，式如伯母曾移居府中主持家務，王夫人時時輔之。自余西來，家中惟其二人招撫一切，今忽又逝其一，家中更形孤冷，且式如[1]伯母年事已高，諸事亦乏[2]精神，恐難照料及之。思之黯然。

十七日　陰　星期五　廿七日

終日讀胡《書》。

十八日　陰雨　星期六　廿八日

讀《左傳》、《哲學淺說》。晚與孫靖宇閒談。

十九日　陰雨　星期日　廿九日

讀《左傳》，飯後與炳南、靖宇同赴雲頂寺看金某畫，並訪柯先生。歸來讀《哲學[3]淺說》。

復伯母書。（信中作十八日）

廿日　陰雨　星期一　九月初一日

讀胡《書》、《哲學淺說》、《漢書》。

廿一日　陰　星期二　二日

讀《左傳》。赴車站試衣服，飯後又赴車站試衣服，在仲采家晚飯。

廿二日　陰雨　星期三　三日

讀《左傳》及法國的悲劇、《金大月刊》〈三代振濟〉一篇，此人甚少歷史的觀念。

廿三日　晴　星期四　四日

讀《左傳》、《漢書》。

①「式」下原脫「如」。
②「亦」下原脫「乏」。
③「哲」下原脫「學」。

廿四日　陰　星期五　五日
瀞叔自北碚來。
廿五日　晴　星期六　六日
早在仲采處午飯，同瀞叔進城，參加丁師之師兄結婚典禮。晚宿萬里處。
廿六日　陰雨　星期日　七日
早在冠生園午飯。下午四時參加同鄉歡迎沈主席鴻烈。沈先生係新自山東來。晚間宿萬里處。
廿七日　陰　星期一　八日
早在嘉陵賓館宴沈先生，陪客九人，惟丁師未到。下午訪李稽核，謁戴季陶師並求法書。歸時已六時許矣。熊觀民先生同來。
廿八日　晴　星期二　九日
與熊觀民閒談。瀞叔自城歸。下午偕林君、鄂兒、益兒赴雲頂寺及歌樂最高峰，甚高。晚獻唐、仲采來，在此晚飯，飯後去。
廿九日　晴　星期三　十日
瀞叔去。鹿瑞伯（鍾麟）先生來訪。與觀民先生同往鹿宅午餐，飯後歸。觀民先生赴鼎師處，歸時已七時矣。晚為炳兄題宋白塔磚拓本二絕云：「千載浮圖跡象空，佛磚歷盡竈灰紅，因緣終遇桓譚識，拓本而今流向東。」「奇物從來已罕傳，志書曾記大中年。巴山風雨多題詠，應入《石渠》第幾篇。」觀民先生為孫靖宇寫條。

三十日　陰　星期四　十一日

熊先生去。與孫靖宇閒談。子壯與陳伯稼先生來，並將戴師字條帶來。

三十一日　陰雨　星期五　十二日

讀《左傳》、《哲學淺說》。請呂師起稿謝戴師書。

十一月一日　陰　星期六　十三日

讀《左傳》。下午訪箸青。晚讀白人所作《儒道之關係》。孟真太夫人去世，飯後往弔。

二日　晴　星期日　十四日

早赴中央醫院看丁師病，已見痊矣。同林君、鄂、益赴高店小餐。往佩青處，彼昨日全家始由華巖移山也。晚讀《漢書》。

三日　晴　星期一　十五日

讀《左傳》。飯後庭中晡日讀書。

四日　陰　星期二　十六日

早赴獻唐處探丁師病，歸訪箸青，不遇。讀《漢書》及日人津田左右吉所著《儒道兩家關係論》（萬有文庫本），寫對聯。

五日　陰　星期三　十七日

讀《左傳》。仲采來訪，飯後閒談至三時始去。訪孫約持，以拓本請其題跋，伊以章一方托孫靖宇刻。

六日　陰　星期四　十八日

讀《左傳》、韋爾斯《世界史綱》。

七日　晴　星期五　十九日

讀《左傳》、《世界史綱》。茹春浦來，留此晚飯。讀《靜安先生集》。

八日　陰　星期六　廿日

讀《左傳》、《世界史綱》，作書致孫鐵君內兄，托其求傅增湘世丈書「詩禮樓」額。

九日　陰雨　星期日　廿一日

讀《左傳》、《漢書》、《史綱》，寫對子一付。

十日　陰　星期一　廿二日

讀《左傳》、《世界史綱》。接翼鵬書云，十二日來渝，將此次中圖所收善本書籍在渝展覽，書多鐵琴銅劍樓瞿氏及袁寒雲所藏。

十一日　晴　星期二　廿三日

讀《左傳》、《世界史綱》。

十二日　晴　星期三　廿四日

早同林君、鄂、益兩兒進城，赴中央圖書看善本書，並晤翼鵬。書中最精者如宋刻施注蘇詩，即火毀本，海內孤帙也。曾為覃溪所藏，隆朝名流題詠殆遍。他如宋精抄之《太宗御覽》及《四庫總目》底本之改定本，及他宋元明精刻多黃氏士禮居、盧氏抱經樓所藏。同李稽核進城午餐，飯後又赴中圖看書。見有先祖觀堂公所藏明本書一種，閱畢不禁[④]黯然，不知何時流落至此也。宋元明精刻多黃、盧、錢（大昕）諸氏所跋，間亦有朱竹君、袁寒雲所跋者。既觀之餘，愛不忍釋手，歸時已七時許矣。由翼鵬代借到《奇觚金文》一部，並有獻唐所借《古泉書》三種，帶回交之。

十三日　晴　星期四　廿五日

讀《左傳》。瀞菴二叔自北碚來。熊觀民先生來，並攜來莽衡拓本一軸，為未入故宮博物院前之初拓本，並有清代名人手札多種。

十四日　晴　星期五　廿六日

益兒兩周生日，壁如叔送酒席一桌。瀞去。讀《左傳》，看觀民攜來名品，與觀民閒談。

十五日　晴　星期六　廿七日

孫靖宇有病，擬赴中央診疾，余轉托傅孟真先生介紹。午在三友園小飯，同往訪獻唐，並邀其來

④「禁」字原作「盡」。

寓看觀民書畫，並為觀民題王廉生書札冊子籤，飯後長談始去。接雲叔書云，府中書齋三間被燬。

十六日　晴　星期日　廿八日

觀民飯後去。觀民倩余為作章一方，晚燈下刻之。訪子壯，云將在卅一年度內加招待費事。

仲采來。

十七日　晴　星期一　廿九日

讀《左傳》、《漢書》、《史綱》。

十八日　晴　星期二　卅日

讀《左傳》。孫居辰來，復雲叔信。接雲叔信，作書致雲叔，匯二姐錢五百元。

十九日　晴　星期三　十月一日

早偕炳南進城，料理麵粉及汽油各事，在紫竹林小食，並在米亭子看書。

廿日　陰雨　星期四　二日

讀《史綱》。作書致王師，請其赴平探二姐病。

廿一日　陰，冷甚　星期五　三日

早進城，靖宇同行，邀翼鵬同赴國泰看《孔夫子》電影，尚無不妥處。晚宿上清寺。中央銀行與青選對捐。

廿二日　陰　星期六　四日
早同青選過江，在其家小飲，飯後過江，歸山已六時許矣。
廿三日　晴　星期日　五日
讀《左傳》、《漢書》。接曲阜王師書、莊師書。為靖宇作印一方。
廿四日　晴　星期一　六日
讀《左傳》。下午往探丁師病，並訪獻唐。歸，燈下讀《史綱》。
廿五日　晴，午後陰　星期二　七日
讀《左傳》、《世界史綱》。
廿六日　陰　星期三　八日
讀《左傳》、《漢書》、《世綱》。下午探丁師疾。
廿七日　陰　星期四　九日
讀《左傳》、《史綱》。莘農、紫鵷來訪。
廿八日　陰雨　星期五　十日
讀《左傳》。瀞叔自城中歸。

廿九日　陰雨　星期六　十一日

與瀞閒談。讀《世綱》。

三十日　陰雨　星期日　十二日

早赴兔兒山送傅孟真太夫人之葬。

十二月一日　陰　星期一　十三日

讀《左傳》。仲采來。

二日　早晴旋陰　星期二　十四日

讀《左傳》、《漢書》。

三日　陰　星期三　十五日

早進城，以李稽核將赴仰光，屢函進城，有事面談也。晚同暢九赴實驗劇院看戲。晚與青選閒談。

四日　陰　星期四　十六日

早赴中央訪青選，不遇。中午余邀錢存之、李稽核在加尔登飯館小飲，飯後同李稽核進城，赴中央銀行辦手續，又赴黛吉吃咖啡。晚在小洞天小飲，稽核處友人為李先生送行也。晚又訪青選。

五日　陰　星期五　十七日

早赴軍委會開內政會議，早訪祝世康，同在黛吉小飲，飯後又赴會場一次。晚在萬里處小飯。

六日　陰　星期六　十八日

早赴新開寺謁庸公，以招待費事告之也。（陳周兩部長曾簽行政院在卅一年度內再加也。）

歸遇獻唐，在三友園小飲，聞王獻玖已于前日病逝矣。瀞叔、仲舒自北碚來。

七日　陰　星期日　十九日

讀《左傳》。

八日　陰　星期一　廿日

早送獻玖殯。讀胡漢民《中國的唯物哲學史》，觀王靜菴詩。

九日　陰　星期二　廿一日

讀《左傳》。同獻唐訪鼎師。

十日　陰雨，下午晴　星期三　廿二日

早訪曾養甫夫人。讀《漢書》，晚讀《世界史綱》。

十一日　陰　星期四　廿三日

足痛不克出戶。下午仲采來。讀《世綱》。

十二日　陰　星期五　廿四日
足疾未愈，讀山東圖書館《奎虛書藏》專刊。
十三日　陰雨　星期六　廿五日
足疾仍未愈，作書致翼鵬。讀《漢書》、《史綱》。
十四日　陰，下午晴　星期日　廿六日
讀《左傳》、《世界史綱》。接雲叔曲阜書。
十五日　陰　星期一　廿七日
讀《左傳》、《漢書》、《中國哲學的唯物論》，抄王靜安詞。足疾未愈。
十六日　陰　星期二　廿八日
讀《左傳》、《世界史綱》，抄王詞。足疾漸愈。
十七日　晴　星期三　廿九日
讀《左傳》、《漢書》。作書復雲叔兩次來信，復王、莊二師，致伯母函、二姐北平信。
十八日　陰　星期四　十一月一日
讀《左傳》、《漢書》。接曲阜信。

十九日　陰　星期五　二日
讀《左傳》、胡漢民《中國唯物哲學》。作印一方，似較前略有進步。
廿日　陰　星期六　三日
讀《左傳》。抄王詞。閱胡展堂書。翼鵬寄來《書林清話》一部，夜閱之，夜深始睡。
廿一日　時晴時陰　星期日　四日
讀《書林清話》。
廿二日　陰，下午晴　星期一　五日
讀《書林清話》。下午訪獻唐，同赴三友園小飲，晚歸。
廿三日　陰雨　星期二　六日
讀《書林清話》。
廿四日　陰雨夜晴　星期三　七日
讀《書林清話》畢。閱胡展堂書。
廿五日　陰雨時晴　星期四　八日
身起風疙瘩，不快。下午獻唐來，審定余所藏舊題宋刊諸書中多明刻。以天雨，獻唐未吃飯即去。請李大夫士偉來診治，服藥早睡。

廿六日　陰　星期五　九日

身起風疙瘩，略發熱，請李士偉來診，終日閱錢穆《近三百年學術史坿表》。疙瘩今日未起，服治咳嗽藥。

廿七日　陰雨　星期六　十日

讀錢《書》。請李大夫來診，熱度仍在三十七度七，終日身不快，喉發炎，吃藏青果。

廿八日　陰　星期日　十一日

讀《左傳》。身覺輕。晚赴仲采處小飲，歸來不適。

廿九日　陰　星期一　十三日

終日不快。

卅日　陰　星期二　十四日

身仍不快。

卅一日　陰　星期三　十五日

請聞亦齊大夫來診，囑臥床服藥。

卅一年元月一日　陰　星期四　十四日

仍不起床。

二日　陰　星期五　十五日
仍在床。
三日　陰　星期六　十六日
仍在床。青選、存之來，獻唐來探病，旋去。
四日　微晴　星期日　十七日
病中無聊，作詩一首解悶。
五日　陰　星期一　十八日
起床，終日讀劉心源《奇觚室》書。
六日　陰　星期二　十九日
終日讀劉《書》。
七日　晴　星期三　廿日
庭中晡日，讀劉《書》。
八日　晴　星期四　廿一日
讀劉《書》，庭前晡日。

九日　晴　星期五　廿二日
讀劉《書》畢。
十日　陰雨　星期六　廿三日
讀《左傳》、《漢書》。
十一日　陰雨　星期日　廿四日
榮琛戲院開幕，寄東來邀，未往。
十二日　陰　星期一　廿五日
進城訪榮琛，不遇，晚赴其戲場看戲，宿祝堯人處。
十三日　晴　星期二　廿六日
早出城訪青選、萬里，留午飯，箸青、青選皆在。飯後訪陳布雷，不遇。晚赴榮琛處觀劇，宿萬里處。
十四日　晴　星期三　廿七日
早謁庸公，尚臥病，木病床也，又贈余五千元。歸途訪丁師，留午飯，歸時二時矣。
十五日　晴　星期四　廿八日
讀《左傳》、《漢書》。下山散步，讀《韓非子》。

十六日　晴　星期五　廿九日
讀《左傳》、《韓非子》。訪仲采。

十七日　晴　星期六　二月一日
讀《左傳》、《韓非子》、《漢書》。下午赴山下散步。

十八日　晴　星期日　二日
讀《左傳》、《漢書》、《世界史綱》。下午赴車站散步。

十九日　陰　星期一　三日
讀《左傳》、劉心源書。下午訪獻唐。晚讀《世界史綱》。

廿日　陰　星期二　四日
讀《左傳》。下午訪仲采，晚飯後微醉，歸作書，致二姐北平書，復三妹，致伯母函。

廿一日　陰　星期三　五日
讀《左傳》、《史綱》。飯後⑤箸青來。接莊師書。

廿二日　陰　星期四　六日
讀《左傳》。仲采、獻唐、馮述先來，留此晚飯，八時許去。獻唐為余作印一方。

⑤「後」字原作「來」。

廿三日　陰　星期五　七日
讀《左傳》。作書復一叔，致王師還呂師九百元事。往訪箸青。
廿四日　陰　星期六　八日
讀《左傳》、《學術季刊》。
廿五日　晴　星期日　九日
讀《左傳》畢。訪孫藥癡。下午赴山洞訪鼎師。晚仲采、述先來。
廿六日　晴　星期一　十日
今日鄂兒四周歲。碧如叔送酒席一桌。佩卿叔來。
廿七日　晴　星期二　十一日
讀《周易》。為炳南作詩一首。讀《漢書》、《史綱》。
廿八日　晴　星期三　十二日
讀《周易》。飯後下山小遊。讀《漢書》、《史綱》。
廿九日　晴　星期四　十二日
讀《世界史綱》、《漢書》。

卅日　晴　星期五　十三日
早同孫靖宇進城。晚在萬里處小飯，宿中央飯店。

卅一日　晴　星期六　十四日
早在廣東酒家吃點心，飯後訪陳布雷先生，不遇，又訪沈成章先生，歸時已六時許矣。接莊、王二師信。

二月一日　晴　星期日　十五日
整理禮俗材料，以便彙成篇也。下午下山小遊。讀《漢書》、《史綱》、《韓非子》。賈裕如部長在官邸召飲，飯後訪獻唐。

二日　陰雨　星期一　十六日
整理禮俗材料，讀《漢書》、《史綱》、《韓非子》。

三日　陰　星期二　十七日
整理禮俗材料。下午訪仲采，飯後歸。

四日　陰　星期三　十八日
歸納禘、郊之材料，讀《漢書》、《史綱》，作書復莊、王二師。

五日　陰　星期四　廿日
歸納禘、郊之材料，讀《漢書》、《史綱》。
六日　晴　星期五　廿一日
歸納禘、郊之材料。尤聯甫來。
七日　陰　星期六　廿二日
讀《史綱》。
八日　陰雨　星期日　廿三日
歸納史料，讀《漢書》、《史綱》。
九日　陰　星期一　廿四日
同林君、慕賢赴磁器口買物。
十日　陰雨　星期二　廿五日
歸納郊、禘、祫材料。尤聯甫來。
十一日　陰，小雪　星期三　廿六日
歸納材料，與尤聯甫閒話。

十二日　陰，微雪　星期四　廿七日

讀《儀禮》。下午看家人忙年事。

十三日　陰　星期五　廿八日

歸納嘗、蒸等時祭材料。下午看家人忙年事。馮述先先生來，旋去。

十四日　陰，雪。入夜大雪。　星期六　廿九日

看家人忙年事，仍歸納禮俗材料。日飲數次，夜成詩二首以述懷云：「渝州風雪裡，四載又今宵。學少年空長，愁多酒易豪。關山分骨肉，佳節樂兒曹。瑞兆雖能卜，海南烽正高。」一懷翼鵬：「卅載今宵盡，三年厭別離。空山飛雪夜，翦燭故人里。直諒真吾友，多聞乃我師。讀書應共勉，歲月莫疑遲。」夜與林君為牙牌戲。

十五日　雪止，陰　壬午正月初一日　星期日

早九時起。邀獻唐來早飯。余大醉，三四小時內不知人事，入夜酒醒，難過不止，早起　敬先。

十六日　晴　星期一　二日

早起仍難過。晚與靖宇、炳南、慕賢作牌九戲。

十七日　時陰時晴　星期二　三日

歸納禮俗材料。尤聯甫來，晚作方城戲。

十八日　晴　星期三　四日
瀞庵、玉昆、佩卿叔來。今日為余生日，太虛法師來訪。飯後作竹戰戲。
十九日　晴　星期四　五日
與瀞叔閒談。晚仲采來，作竹戲。
廿日　晴　星期五　六日
飯後訪仲采。
廿一日　晴　星期六　七日
飯後仲采來。
廿二日　晴　星期日　八日
晚仲采召飲。
廿三日　晴　星期一　九日
飯後答拜申先生，不遇。
廿四日　晴　星期二　十日
鼎師來。瀞叔去。訪獻唐。

廿五日　晴　星期三　十一日
讀《胡適文存》、《漢書》、《史綱》。
廿六日　晴　星期四　十二日
讀胡《書》、《漢書》、《史綱》。
廿七日　晴　星期五　十三日
讀胡《書》、《史綱》、《漢書》。
廿八日　晴　星期六　十四日
讀胡《書》、《史綱》、《漢書》。
三月一日　晴　星期日　十五日
讀《漢書》。晚與炳南、慕賢造燈謎為戲。
二日　晴　星期一　十六日
歸納雜祭類材料，讀《史綱》、《漢書》。
三日　晴　星期二　十七日
讀《史綱》。

四日　晴　星期三　十八日
早飯後進城，晚宿存之處。
五日　晴　星期四　十九日
早謁庸之叔祖，同進午餐，並以仲采事及衛聚賢所出《說文月刊》事面陳。歸途謁戴師，不遇。謁丁師，六時歸。
六日　晴　星期五　廿日
夜中忽病眼，終日滴沃古林眼藥。獻唐來，仲采在此晚飯。眼疾稍愈。
七日　陰　星期六　廿一日
眼疾漸愈，終日不看書。
八日　微晴　星期日　廿二日
讀《漢書》、《史綱》。眼疾已愈。
九日　晴　星期一　廿三日
歸納雜祭材料。飯後偕林君、炳南赴車站看李花，高店子後看桃花。錦濤雪海，各具特觀。桃林夕陽中久坐乃歸。
十日　陰，下午晴　星期二　廿四日

歸納材料。下午約炳南擬赴向家灣山後看李花，邀獻唐，彼未歸。遇述先，邀來晚飯。

十一日　陰　星期三　廿五日

讀《漢書》。下午赴高店子看桃花。讀《史綱》。

十二日　晴　星期四　廿六日

讀《史綱》、《漢書》。瀞庵叔來。

十三日　晴　星期五　廿七日

與瀞叔閒談。董彥堂先生及獻唐來訪，留此晚飯。

十四日　晴　星期六　廿八日

早訪彥堂，下午二時在國史館聽其講甲骨文。

十五日　晴　星期日　廿九日

歸納禮俗材料。飯後訪仲采。讀《漢書》、《史綱》。

十五日　晴　星期一　卅日⑥

歸納禮俗材料，讀《漢書》、《史綱》。

⑥自民國三十一年國曆三月十五日起，其陰曆記日及星期均誤衍一日，至本年三月二十二日止。

十六日　晴　星期二　二月一日

讀《漢書》、《史綱》。前作〈量宮說〉一篇，抄寄翼鵬。

十七日　晴　星期三　二日

讀《漢書》、《史綱》。

十八日　晴　星期四　三日

讀《漢書》、《史綱》。

十九日　晴，夜風　星期五　四日

歸納材料，讀《漢書》、《史綱》。

廿日　陰　星期六　五日

歸納禮俗材料，讀《漢書》、《史綱》。作書致二姐，復一叔。

廿一日　陰雨　星期日　六日

歸納禮俗材料，讀《漢書》、《史綱》。

廿二日　陰，下午晴

廚子買油不佳，呂師、炳南、慕賢及男女僕四人均上吐下瀉，蓋油類中雜入桐油也。讀《漢書》。柯定礎轉來李雲麾所著《大學釋厶》、《經史發復》二書求序，當籀讀其《經史發復》敘論，已覺其笑柄百出，然其勇於疑古、自抒己見，此種精神亦屬可佩，惜魯莽武斷，故不能成一家言也。晚讀《史綱》，並在柯定礎處借得《新舊約全書》一部。

廿三日　晴　星期一　七日

歸納禮俗材料，讀《漢書》、《史綱》。訪箸青，不遇。

廿四日　晴　星期二　八日

歸納禮俗材料，讀《漢書》、《史綱》。將德庸修業證書寄北碚。

廿五日　晴　星期三　九日

讀《胡適文存》，歸納禮俗材料，讀《史綱》。

廿六日　晴　星期四　十日

歸納甲骨中禮制材料（由彥堂《甲骨斷代研究例》中摘出），讀《胡適文存》、《史綱》。

廿七日　晴　星期五　十一日

歸納禮俗材料，讀《漢書》、《史綱》。

廿八日　晴　星期六　十二日

歸納禮俗材料，讀《漢書》、《史綱》。接王老師書。

廿九日　晴，下午雨　星期日　十三日
歸納材料。下午與德庸下山小遊。讀《漢書》、《史綱》。

三十日　陰　星期一　十四日
早與仲采、靖宇進城，在上清寺上飯。往美豐晤衛聚賢先生，並同往其住所，觀其所得長沙漆器。又往訪商錫永先生。晚往實驗劇院看戲，夜宿中央旅館，與仲采談至四時始睡。

三十一日　晴　星期二　十五日
早應石鍾秀之約，在廣東酒家小飲。飯後赴第一劇場看戲，榮琛演「玉堂春會審」、「探監」兩場，唱作極佳，日來更有進步也。晚靖宇在天津飯館小飯。晚仍宿中央飯店，訪萬里、青選。

四月一日　晴　星期三　十六日
早飯後返山。

二日　晴　星期四　十七日
歸納山川、社稷、五祀等材料，讀《漢書》、《史綱》。

三日　晴　星期五　十八日
歸納材料，讀《韓非子》、《史綱》。《漢書》讀畢。

四日　晴　星期六　十九日
歸納材料，讀《韓非子》、《史綱》。
五日　晴　星期日　廿日⑦
六日　晴　星期一　廿一日
歸納材料，讀《史綱》、《韓非子》。
七日　晴　星期二　廿二日
歸納材料，讀《史綱》、《韓非子》。
八日　陰　星期三　廿三日
歸納禮俗材料。飯後下山小遊。讀《韓非子》、《史綱》。
九日　陰雨　星期四　廿四日
歸納材料，讀《韓非子》、《史綱》。
十日　陰　星期五　廿五日
歸納材料，讀《史綱》、《韓非子》。

⑦本日日記內容原缺。

十一日　晴　星期六　廿六日

歸納材納。作書復王、莊二師及伯母信。

十二日　晴　星期日　廿七日

下午下山參觀保育院。讀《儀禮》、《史綱》、《韓非子》。作書復雲叔。

十三日　陰，夜雨　星期一　廿八日

讀《儀禮》、《史綱》、《韓非子》。

十四日　星期二　廿九日⑧

八月一日　晴熱　六月廿日

日記之廢而不記者，已兩越月矣。其因：一以懶、一以事少，總之，無恆心耳。故今日啟此本而復作記，自覺無疑。再筆書於其上，只見書葉之笑我也。迺人誰無過？過而不改，是為過矣。過而不改，反⑨自文之，是失之將愈遠，則愈少反悔之一日。故自勵自今日起，仍逐日記之，不得少稍然。舊日之我當笑今日之我，往日之筆當笑今日之筆，言曰：「子欲與吾等再謀面耳，實不必以改過文過之辭滔滔于吾前也。子之改過之說，若不即文過之辭之掩飾耳，余將書歸正傳，實不暇與汝作辯。」然余願人知吾有過，亦知吾為能改之人，不願人謂某以「青年學少識淺之人，竟何未聞其有過？無乃其自文之歟？」一願一不願者，是則我之願也。

自四月十四日以來，讀《儀禮》一遍，並借翼鵬處《五禮通考》讀之，並摘其要，以備禮俗之資料。兩月中，曾進城四五次，為炳南謀招委會專員一職，開孔學會兩次。七月廿八日，發曲阜信

（一、王、莊、伯母）。林君弟珍方自洛陽來函，新自燕京逃出者，已函其來渝。自昨日起讀《孟子》。五月份平價麵送徐願伯一袋、送榮琛一袋，麵自七月份價底至十四元一袋。日來讀《後漢書》，今早讀《孟子》。自昨日即覺肚疼，今早又略有瀉意，遂倩炳南開方，服之，入晚已愈。讀《後漢書》。數月以來無警報，唯七月廿七日夜警一次，聞係敵機未入市空，即解除。

二日　晴熱　廿一日

讀《孟子》，寫對聯。任暢九來，作長談。四時同慕賢、暢九赴車站芳園小飯，菜尚可口。飯後暢九去。同慕賢往探仲采病，小坐歸，庭下乘涼。益兒微發熱，予以自治⑩藥片及奎寧服之，夜中大便一次，天明熱退。余數日來夜不安寐，今夜特甚。

三日　晴熱　廿二日

讀《孟子》。益兒病愈。午睡片時。讀《後漢書》。晚庭前納涼。昨日接內部周部長信，余每月又蒙庸公加三千元，此事乃周意，余不知也。獻唐日前為余作「猗蘭別墅著書圖」，裱好已懸之壁間。入夜鄂女又發熱頭痛，與阿司匹靈服之，次早熱漸退。

四日　晴熱　廿三日

讀《孟子》。鄂熱未退，與奎寧及自己藥片服之，下午熱漸輕。入夜又熱，與治發炎藥服之，伊晚飯時覺喉痛，恐其喉部發炎也。讀《後漢書》、《十八家詩鈔》。接曲阜伯母信、三妹信。呂師之甥莊麟軒來，蓋在此小住也。

⑧本日日記內容原缺四月十四日至七月三十一日。
⑨「反」字原作「返」。
⑩「治」字疑為「製」。

日記本

日記（三十一年八月五日）

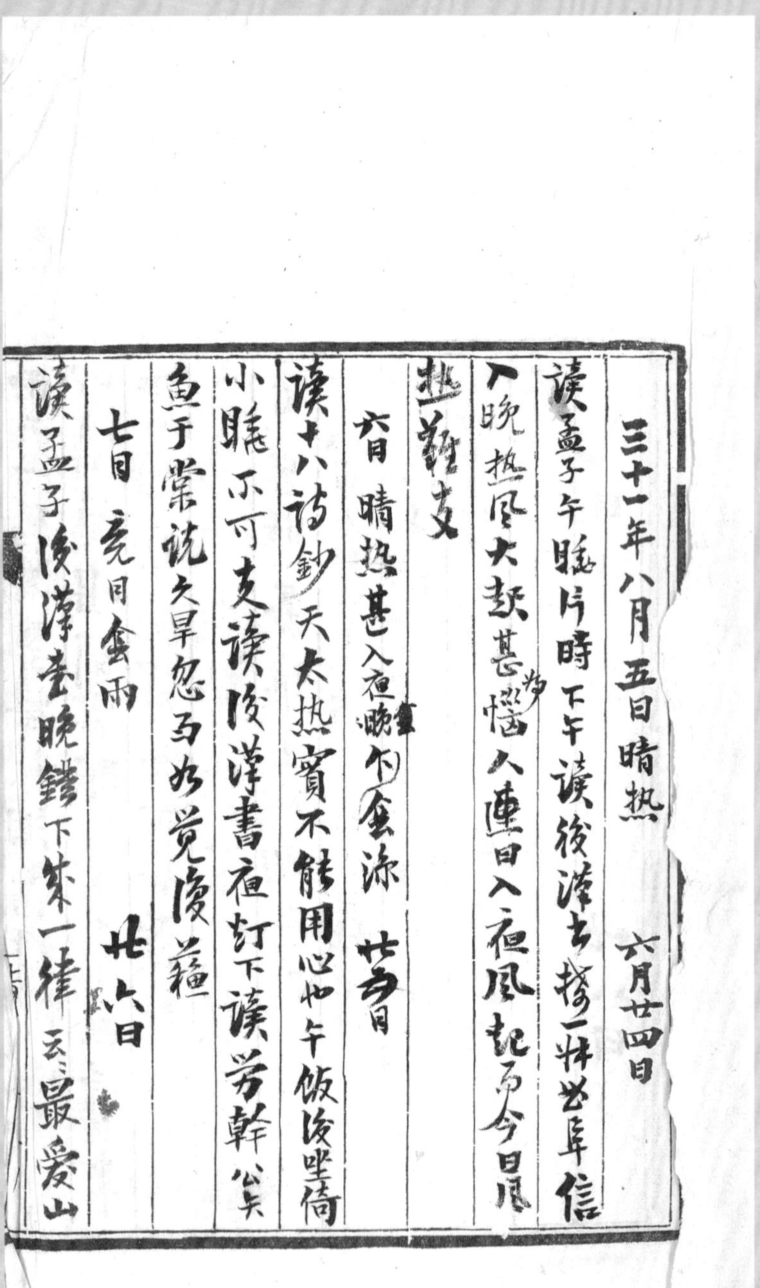
三十一年八月五日晴热　六月廿四日
讀孟子午睡片時下午讀後漢書接二妹曲阜信
入晚热風大起甚惱人連日入夜風起而今日風
熱難支
六日晴热甚入夜略下雨陰涼　廿五日
讀十八詩鈔天太熱實不能用心也午飯後坐倚
小睡不可支讀後漢書夜訂下讀勞幹公矣
魚予常說久旱忽而如覺復蘇
七日亮同陰雨　廿六日
讀孟子後漢書晚讀下集一律云云最愛山

三十一年八月五日　晴熱　六月廿四日

讀《孟子》。午睡片時，下午讀《後漢書》。接一叔曲阜信。入晚，熱風大起，甚為惱人。連日入夜風起，而今日風熱難支。

六日　晴，熱甚，入夜晚乍涼　二十五日

讀《十八家[1]詩鈔》。天太熱，實不能用心也。午飯後，坐倚小睡，不可支。讀《後漢書》，夜燈下讀勞幹[2]〈公矢魚于棠說〉。久旱忽雨，如覺復蘇。

七日　竟日陰雨　廿六日

讀《孟子》、《後漢書》。晚燈下成一律，云：「最愛山□□雨天，一林苕翠掛秋烟。露桐蟬噪催詩句，池上蛙鳴鬧客眠。燈火乍明殘霧裏，江聲初漲綠窗前。甘霖雖喜滌炎暑，無那新愁心上煎。」「句」呂師易「與」，「聲」呂師易「痕」，「上」炳南易「畔」。

八日　陰下午晴　廿七日

讀《孟子》。德庸今日赴德陽上學，予以路費七百元，並赴車站送其登車。

九日　晴　廿八日

早訪獻唐，同謁鼎師。席中談及鼎師曾在濟獲曾文正一聯，即文正赴曲阜時書贈吾先祖觀堂公者。曩在曲時，屢檢藏字書箱，久未得者。鼎師慨然見貽，云：「物歸原主，理應然

①「八」下原脫「家」。
②「幹」當為「榦」。

也。」余亦以係先人遺物，未能保藏，而令其流出，已覺罪過。若見而不受，是益重已之罪也。再拜，謹收。至提請鼎師以此歸我者，獻唐意也。此亦一段佳話，當再作記記之。歸，徒步歸。

十日　晴　廿九日

讀《孟子》、《後漢書》。接一叔曲阜信。

十一日　晴　卅日

讀《孟子》、《後漢書》。

十二日　陰雨　七月一日

讀《孟子》、《後漢書》、《科學大綱》（已讀至第六冊）。

十三日　陰雨，下午晴，涼甚　二日

讀《孟子》、《後漢書》、《科學大綱》。作書復一叔。

十四日　晴　三日

讀《孟子》。下午訪獻唐。以茹春浦兄托靖宇匯北平款，五數係余其中作介，以茹宅久無收到之信，故將春浦前交靖宇之款先交回也。同獻唐、春浦赴車站芳園小飲，八點歸。

十五日　晴　四日

讀《孟子》。下午赴仲采處。作書致毓師。

十六日　晴　五日

飯後進城，暢九同行。訪萬里。訪榮琛不遇。晚在五芳齋小飯。遇榮琛，約往看戲。因戲票滿，在後台小坐，戲畢同行，邀赴其家小飯，暢談甚快。至一時許，始與暢九歸寓。

十七日　晴　六日

九時始起，赴院長公館。至門，遇王伯龍，云：候見者六十人。未往，同赴萬里處小酌，飯後又赴院長公館。時已午睡，與陳延祚少談。又赴上清寺、中央銀行，訪青選，歸途訪周部長，六時歸。

十八日　晴　七日

接一叔信。

國家圖書館出版品預行編目（CIP）資料

孔德成先生日記 / 孔德成著. -- 初版. --
臺北市 : 藝術家, 2018.12
280面 ; 21×28公分

ISBN 978-986-282-223-4（平裝）

055 107016449

孔德成先生日記

（孔德成先生五字集自史晨碑）

著　者：孔德成
發行人：孔垂長
總編輯：葉國良

出版者：藝術家出版社
台北市金山南路（藝術家路）二段一六五號六樓
電　話／（02）2388-6715
傳　真／（02）2396-5707，2396-5708
郵政劃撥／50035145　戶名／藝術家出版社

總經銷：時報文化出版企業股份有限公司
桃園市龜山區萬壽路二段三五一號
電　話／（02）2306-6842

南部區域代理：台南市西門路一段二二三巷十弄二十六號
電話／（06）261-7268

製版印刷／欣佑彩色印刷股份有限公司
初版一刷／二〇一八年十二月一日
定　價／新台幣四八〇元

ISBN／978-986-282-223-4（平裝）

行政院新聞局版台業字第一七四九號